當他們走進可怕的城堡，
遇到了許多妖怪，
最後，終於順利來到城堡的地下室。
章魚吸盤
鼻毛剪
蜜蜂殺手
工具箱
但是，他們在那裡找到的並不是寶藏，
而是小廟的鑰匙。
這就是小廟的鑰匙
原來寶藏並不是在城堡，
而是在村莊裡。
佐羅力他們立刻準備回村莊……。
喔喔，可別忘了功力大增的我們，曼帝博士，你說對不對啊？

閱讀本書之前須知

- 這一集是《怪傑佐羅力之神祕寶藏大作戰 上集》的續集，雖然看了前面的故事概要，可以大概了解故事情節，但還是希望各位讀者在看了「上集」之後，再看這一集。

各位讀者朋友！
雖然「下集」才剛開始，但是很不好意思，
我們已經拿到寶藏的鑰匙嘍。
接下來，只要回到村莊那座小廟，
用鑰匙把那些寶藏帶回家，就大功告成啦。
所以，本大爺覺得這一集的故事
沒有幾頁就會結束。
雖然對各位讀者朋友感到抱歉，
但剩下的空白頁，各位就拿來
當作塗鴉本吧。

怪傑佐羅力之神祕寶藏大作戰 下集

文·圖 **原裕** 譯 王蘊潔

這裡是城堡的最底層，而且，他們剛才下來的那道門已經關起來了，佐羅力他們全都被關在這個房間裡了。
啊，對喔！所以現在最重要的事，就是要想辦法從這裡逃出去。
佐羅力先生，我們能順利逃出去嗎？
但是，佐羅力不慌不忙，也完全不緊張，

泰依露小姐，別擔心，別擔心，我馬上來找天花板上容易被打洞的地方，這把鑰匙請你先保管一下，你先去旁邊等著吧。
咚！
咚！
就在這時，天花板的角落

傳來了啪啦啪啦的聲音，佐羅力他們發現角落的天花板漸漸鬆脫。

「喔，我知道了，樓上的那些妖怪發現我們這麼久還沒有上去，所以很擔心，現在準備來救我們了。如果站在那下面會很危險，大家都往後退，趕快往後退。」

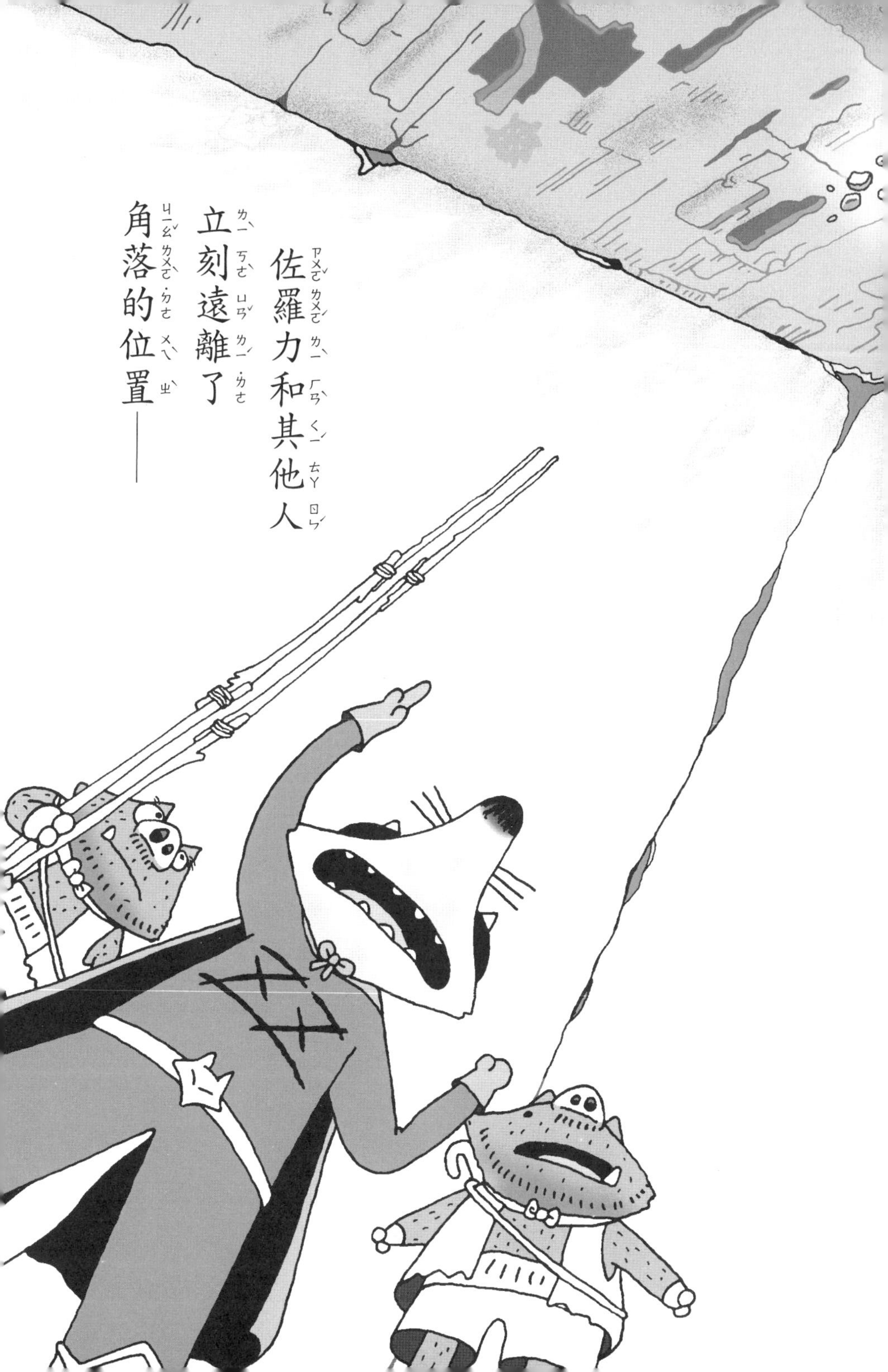

佐羅力和其他人
立刻遠離了
角落的位置——

樓上那個石像的腦袋脫落了，
嘎啦嘎啦咚隆隆
巨大的腦袋砸破天花板，一路滾進地下室。

滾滾滾滾滾滾滾滾
那個石像的腦袋一路咕嚕咕嚕的滾動著，一直朝向佐羅力他們滾過來。

喔，原來是那個鼻毛腦袋！對了，剛才看到的時候，就覺得好像隨時都會掉下來。嗚嘻嘻嘻，無論如何，我們因此得救了。我們可以從那個洞口逃出去。
但是，佐羅力才得意的說完……
呃！
啊！
怎麼會？
啊呀。

這個房間不大，
根本沒有地方可以逃，
他們被石像腦袋
一路追到了
牆角。

難道他們幾個人就要被夾在石像的腦袋和牆壁之間，被擠成肉醬了嗎？

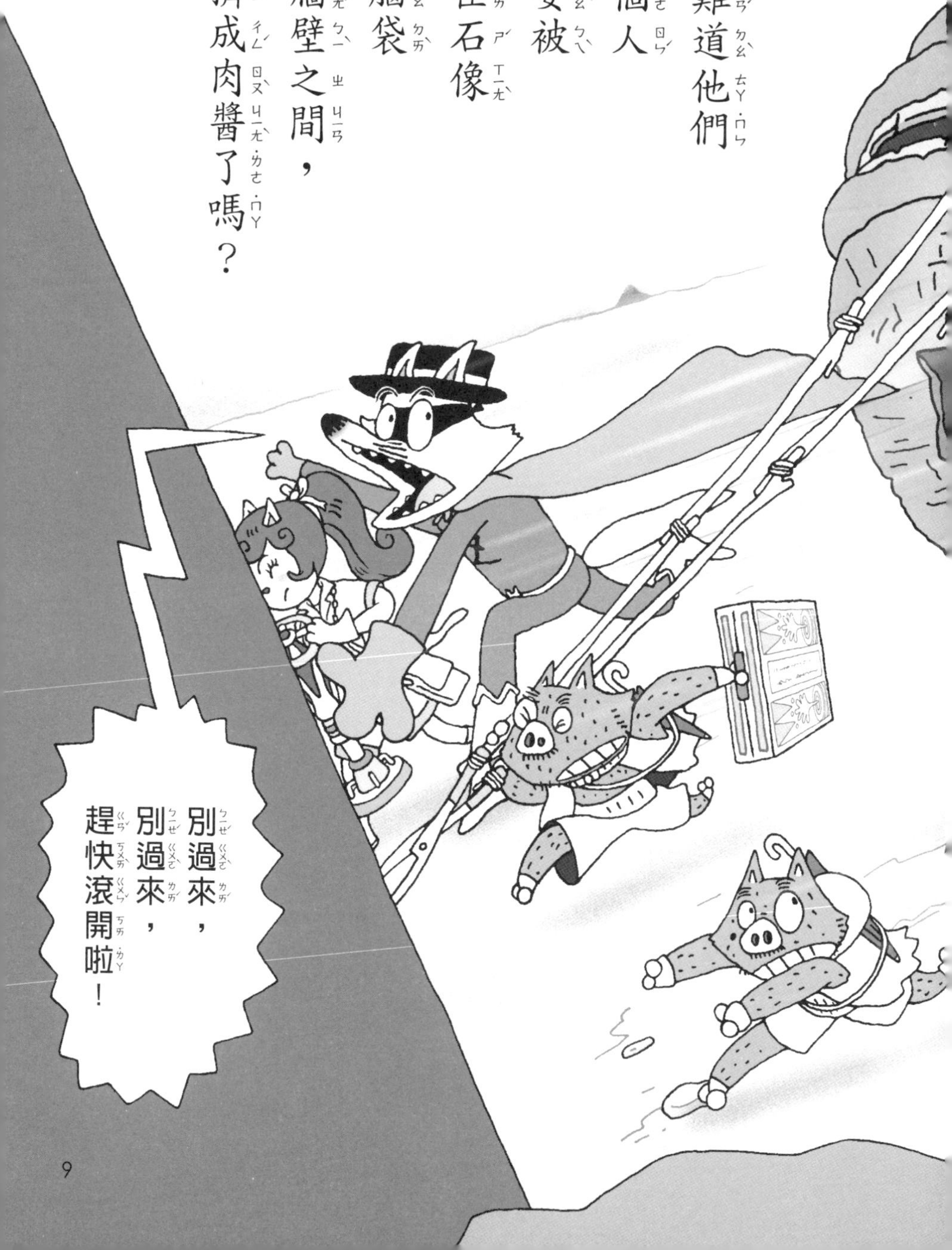
別過來，
別過來，
趕快滾開啦！

幸好伊豬豬拿在手上的「長柄樹枝剪」的長柄剛好刺中了石像腦袋的鼻孔裡，石像腦袋終於停了下來。

「呼，真是差點沒命了。」

所有人都終於鬆了一口氣。

但是……

刺進鼻孔的剪刀長柄前端
不知道碰到了鼻孔深處的什麼開關，
石像突然張大了嘴巴，

打了一個大大的噴嚏。
石像的噴嚏威力驚人，
厚厚的牆壁破了一個大洞，

佐羅力他們也被石像的大噴嚏噴到了城堡外面。

「太幸運了！」

佐羅力高興得太早了，因為他完全忘記了一件事。

這座城堡建在一片高聳入雲的懸崖上方。

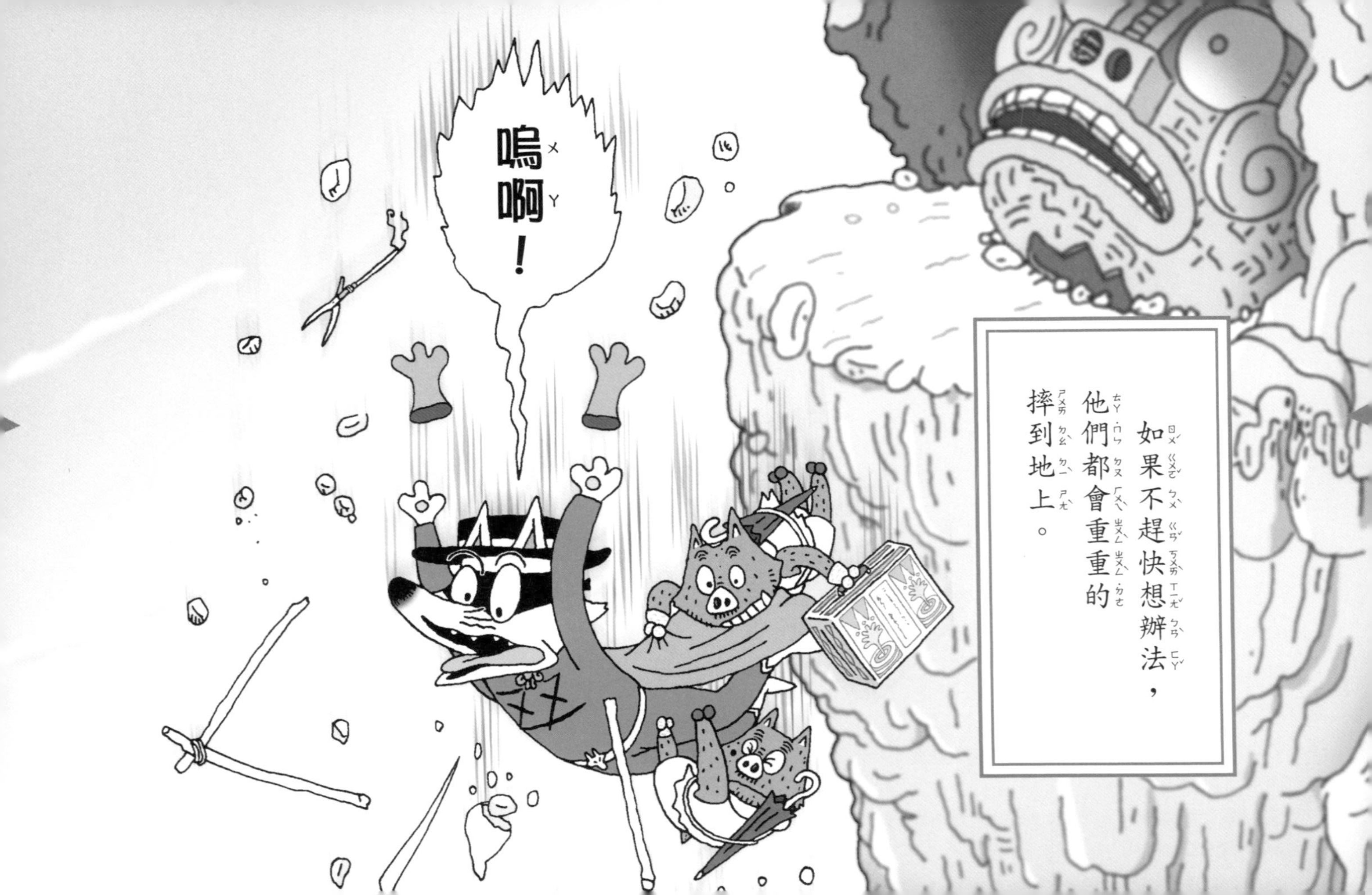
嗚啊！
如果不趕快想辦法，他們都會重重的摔到地上。

但是，佐羅力畢竟是佐羅力，在往下掉的短暫時間內，

啊，對了！

馬上想到了一個好主意，立刻和伊豬豬、魯豬豬拉著手，

三個人好像在表演空中藝術體操，
拉住了佐羅力的斗篷，三兩下就把斗篷
變成了滑翔翼。

他們三個人
乘著風，在空中飄哇飄的
飄了起來。

「嘻嘻呵呵，什麼事都難不倒本大爺！」
佐羅力得意的說著，

但他立刻發現少了一個重要的人。

啊！糟了！泰、泰依露小姐，泰依露小姐她在哪裡？

佐羅力他們慌忙四處尋找，但還是沒看到泰依露的身影。

•沒忘了把城堡裡的工具箱也帶了回來。
•用尾巴控制方向。
•用雨傘撐住斗蓬，把斗蓬撐直。
輕飄飄

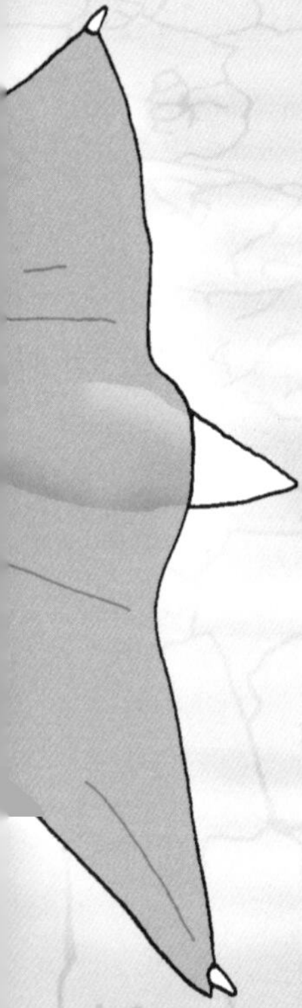

「唉，剛才只顧著自己，竟然沒有好好保護泰依露小姐的安全。」

佐羅力忍不住感到自責。

「佐羅力先生，救命啊！」

這時，頭頂上傳來泰依露求救的聲音。

佐羅力他們
抬頭一看，
發現——

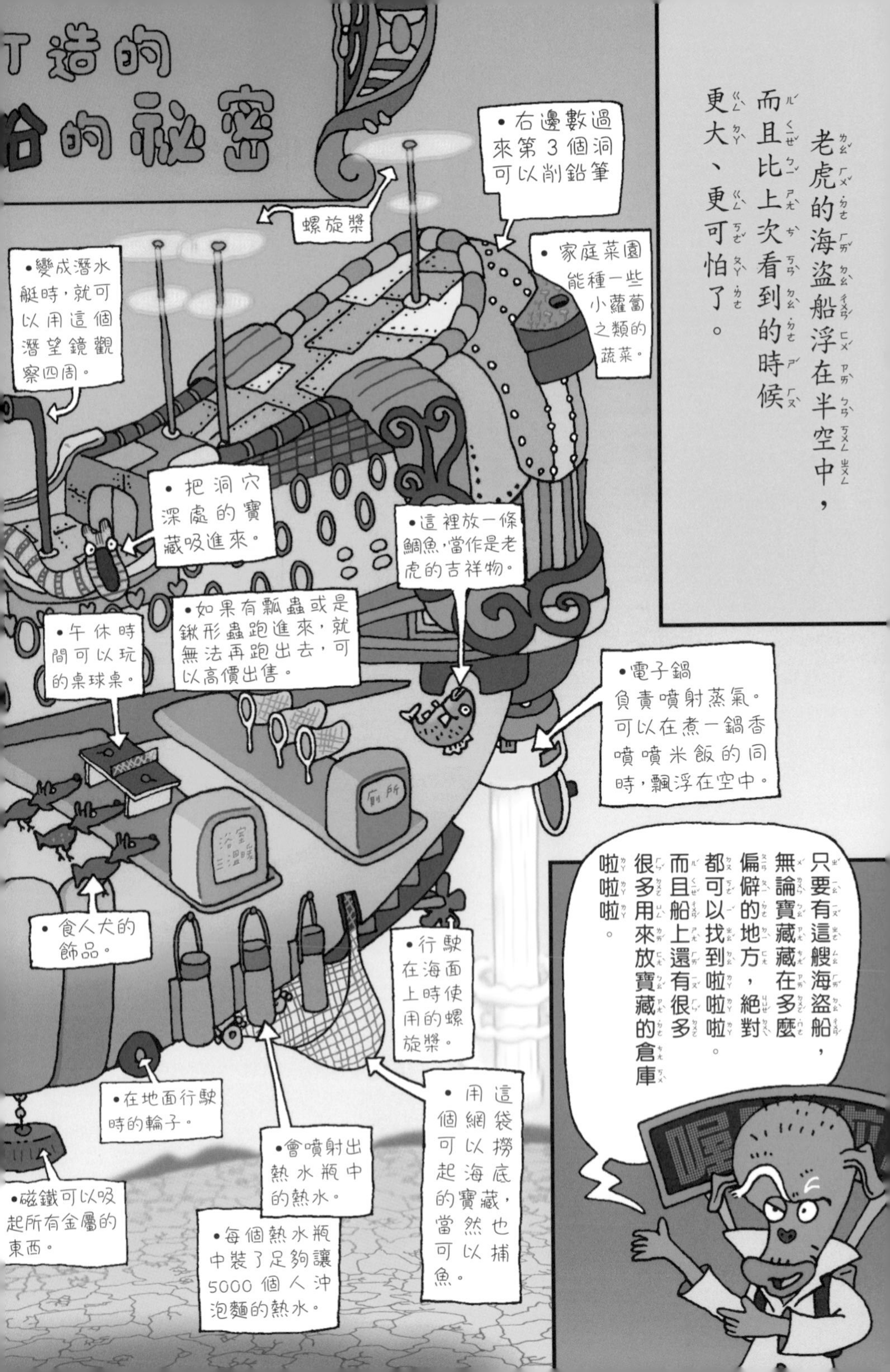

造的
的祕密
老虎的海盜船浮在半空中，而且比上次看到的時候更大、更可怕了。
•右邊數過來第3個洞可以削鉛筆
螺旋槳
•家庭菜園能種一些小蘿蔔之類的蔬菜。
•變成潛水艇時，就可以用這個潛望鏡觀察四周。
•把洞穴深處的寶藏吸進來。
•這裡放一條鯛魚，當作是老虎的吉祥物。
•如果有瓢蟲或是鍬形蟲跑進來，就無法再跑出去，可以高價出售。
•午休時間可以玩的桌球桌。
•電子鍋負責噴射蒸氣。可以在煮一鍋香噴噴米飯的同時，飄浮在空中。
廁所
浴室
只要有這艘海盜船，無論寶藏藏在多麼偏僻的地方，都可以找到啦啦啦。而且船上還有很多很多用來放寶藏的倉庫啦啦啦。
•食人犬的飾品。
•行駛在海面上時使用的螺旋槳。
•在地面行駛時的輪子。
•用這個網袋撈起海底的寶藏，當然也可以捕魚。
•會噴射出熱水瓶中的熱水。
•磁鐵可以吸起所有金屬的東西。
•每個熱水瓶中裝了足夠讓5000個人沖泡麵的熱水。

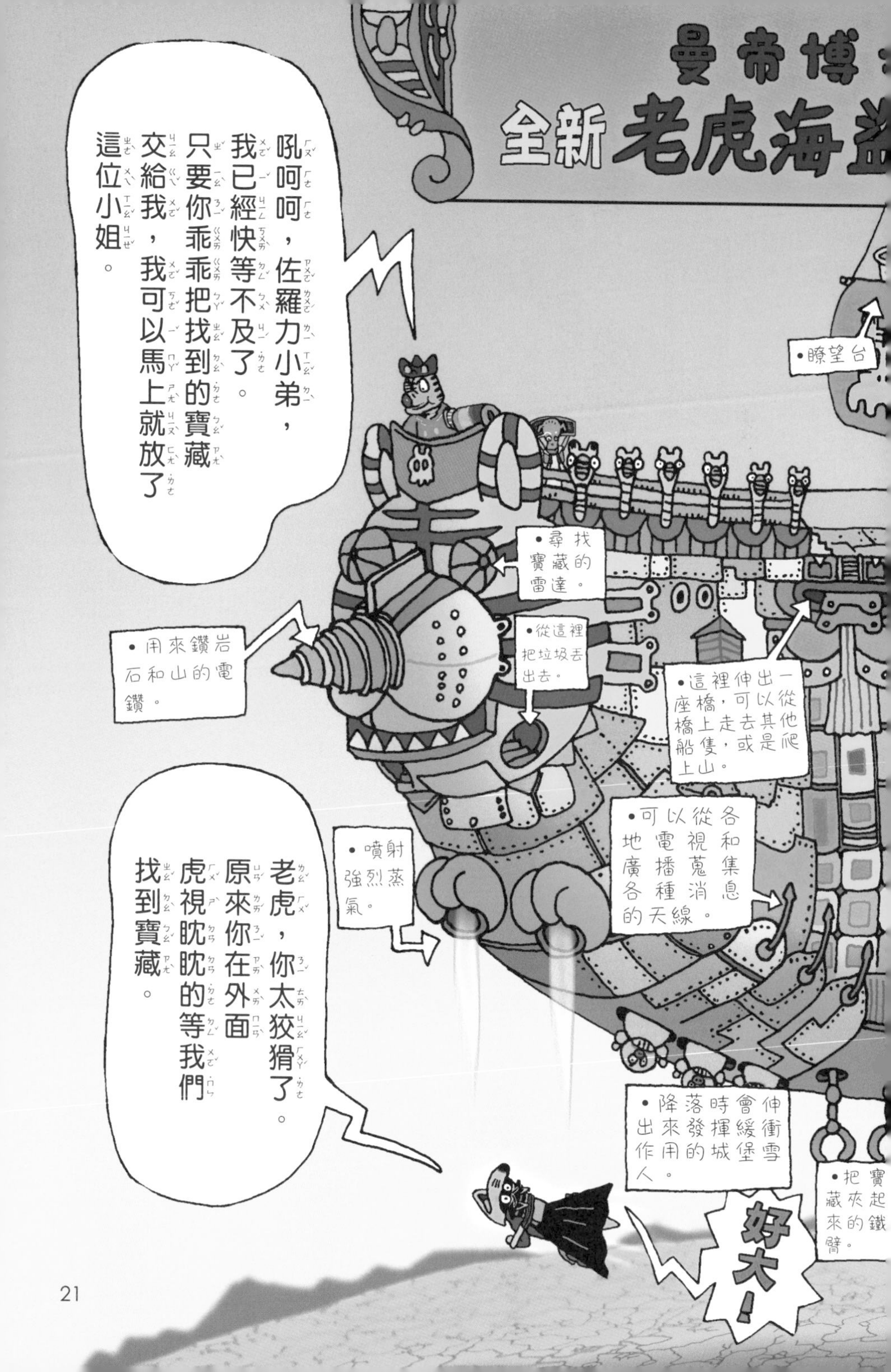
曼帝博
全新老虎海
吼呵呵，佐羅力小弟，我已經快等不及了。只要你乖乖把找到的寶藏交給我，我可以馬上就放了這位小姐。
•瞭望台
•尋找寶藏的雷達。
•用來鑽岩石和山的電鑽。
•從這裡把垃圾丟出去。
•這裡伸出一座橋，可以從橋上走去其他船隻，或是爬上山。
老虎，你太狡猾了。原來你在外面虎視眈眈的等我們找到寶藏。
•噴射強烈蒸氣。
•可以從各地電視和廣播蒐集各種消息的天線。
•降落時會伸出來發揮緩衝作用的城堡雪人。
•把寶藏夾起來的鐵臂。
好大！

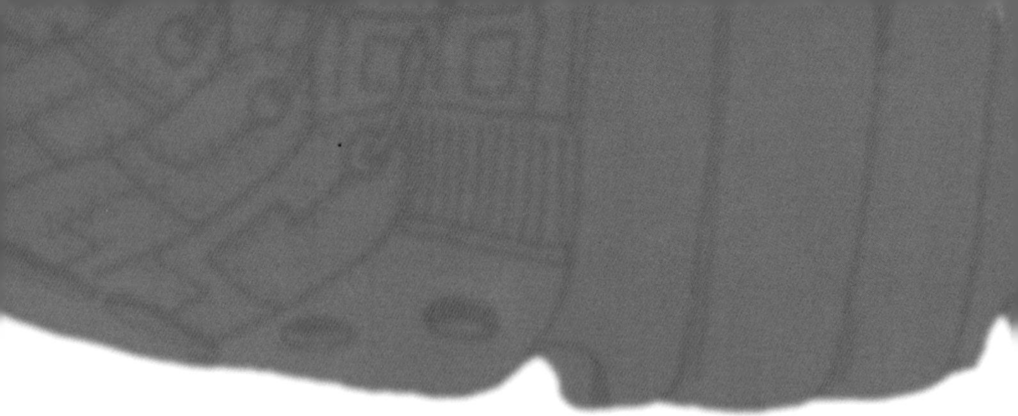

佐羅力對著躲在斗蓬下的
伊豬豬和魯豬豬說：
「喂，你們聽到了嗎？老虎
這傢伙完全沒有發現，
泰依露小姐手上
拿著寶藏的鑰匙，
他以為寶藏在我的手上，
既然這樣，他應該不會對
泰依露小姐亂來。

好，我們先回村莊再說，回去村莊之後，製造一些可以對付那艘海盜船的武器，再回來救泰依露小姐，把鑰匙拿回來。」

佐羅力靈巧的操控斗蓬滑翔翼，乘著風準備逃走。

「啊唷唷，這位小姐，
你看看，
佐羅力似乎覺得
寶藏比你更重要啊。」

「既然這樣，
要不要趁
這個機會，
來試一試我為你
製作的新左手的

佐羅力先生這麼做，一定是有原因的。

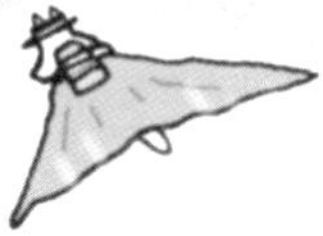

強大威力啦啦啦。」

「呵呵呵，
真是好主意啊，
那就先來試第一招……。」

老虎把手上的刻度調到
最小的一檔，對準了佐羅力，
按下了開關。

轟轟轟轟——。

老虎左手射出的巨大噴射力，把佐羅力他們前方的小山炸得精光，連影子都不見了。

佐羅力小弟，你覺得我的左手威力如何啊？剛才還只是小小試一下身手而已喔，我勸你別反抗，趕快投降吧。
佐羅力他們三個人被打倒在地上，老虎的海盜船開到他們身旁——
轟
砰——啪
喀啦喀啦
喀啦喀啦
啊呀！

「不許動！趕快把寶藏乖乖交出來。」老虎伸出可怕的左手，對準了佐羅力，惡狠狠的對他說。

這時，

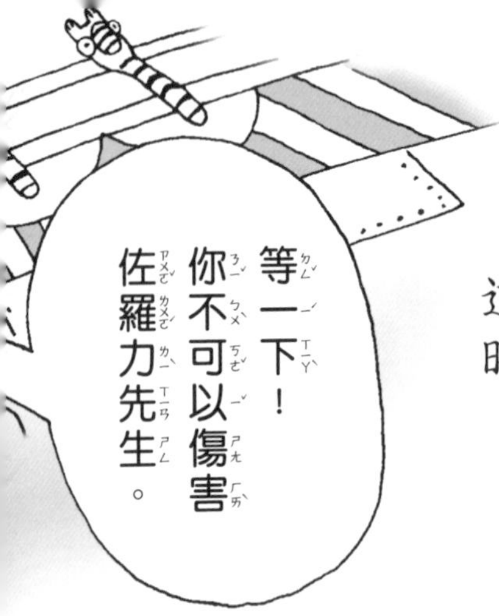
等一下！你不可以傷害佐羅力先生。

因為太重了，所以他不能靠自己的力氣抬起來。

還在海盜船上的
泰依露突然
大叫起來。
她想用這種方式
徵求佐羅力的意見，
希望佐羅力同意她
說出寶藏鑰匙的祕密，
佐羅力趕緊打斷她，
不讓她繼續說下去。

哈哈哈，他的手上竟然還長了腳。

「喂，老虎，那些寶藏還留在城堡裡，因為實在太多了，我們搬不動，所以正打算回去村莊，製做一些工具後再去搬出來。等我搬出來後，統統都交給你，你可不可以再給我一點時間？」

佐羅力想要趕快脫身離開，所以就對老虎胡亂編了一套謊話。

「佐羅力小弟，不管是把寶藏挖出來，還是要搬寶藏，有了這艘海盜船，簡直太簡單了。你只要告訴我，寶藏到底在哪裡就夠了。」

老虎說完之後，把佐羅力他們一起帶上了海盜船。

於是，海盜船立刻啟航，
飛向那座城堡。

「趕快告訴我，寶藏到底在哪裡？
我可以用這根虎頭水管
把所有的東西統統吸起來。」
老虎說完，拿出一條外形
很奇怪的水管。

那些寶藏就藏在那個石像的腦袋裡面。
各位海盜朋友，那個石像很容易坍塌，你們一定要特別小心。

伊豬豬和魯豬豬正打算在所有的海盜都去城堡的石像那裡拿寶藏時，趁機霸占這艘海盜船。

「伊豬豬、魯豬豬，謝謝你們的提醒。」

老虎把海盜船上的橋架在城堡上。

「好了，那就交給你們了。」

老虎把虎頭水管交給了伊豬豬和魯豬豬。

「啊？」

「這麼危險的地方，我們當然不可能去，那是你們要做的工作。」

這時，

佐羅力突然開口對老虎說：

「好，那就這麼辦。就由我們負責把寶藏拿出來交給你們。」

說完，他催促著伊豬豬和魯豬豬前往城堡，自己也摟著泰依露的肩膀在橋上跑了起來。

老虎一把抓住了泰依露，把她拉回自己身邊。泰依露重心不穩，不小心鬆開了手，手上的鑰匙就從橋上掉了下去。

啊喲喲，小姐現在還不能走。等你們順利把所有的寶藏都搬出來，裝滿船上的倉庫之後，才可以讓她離開。
噹！

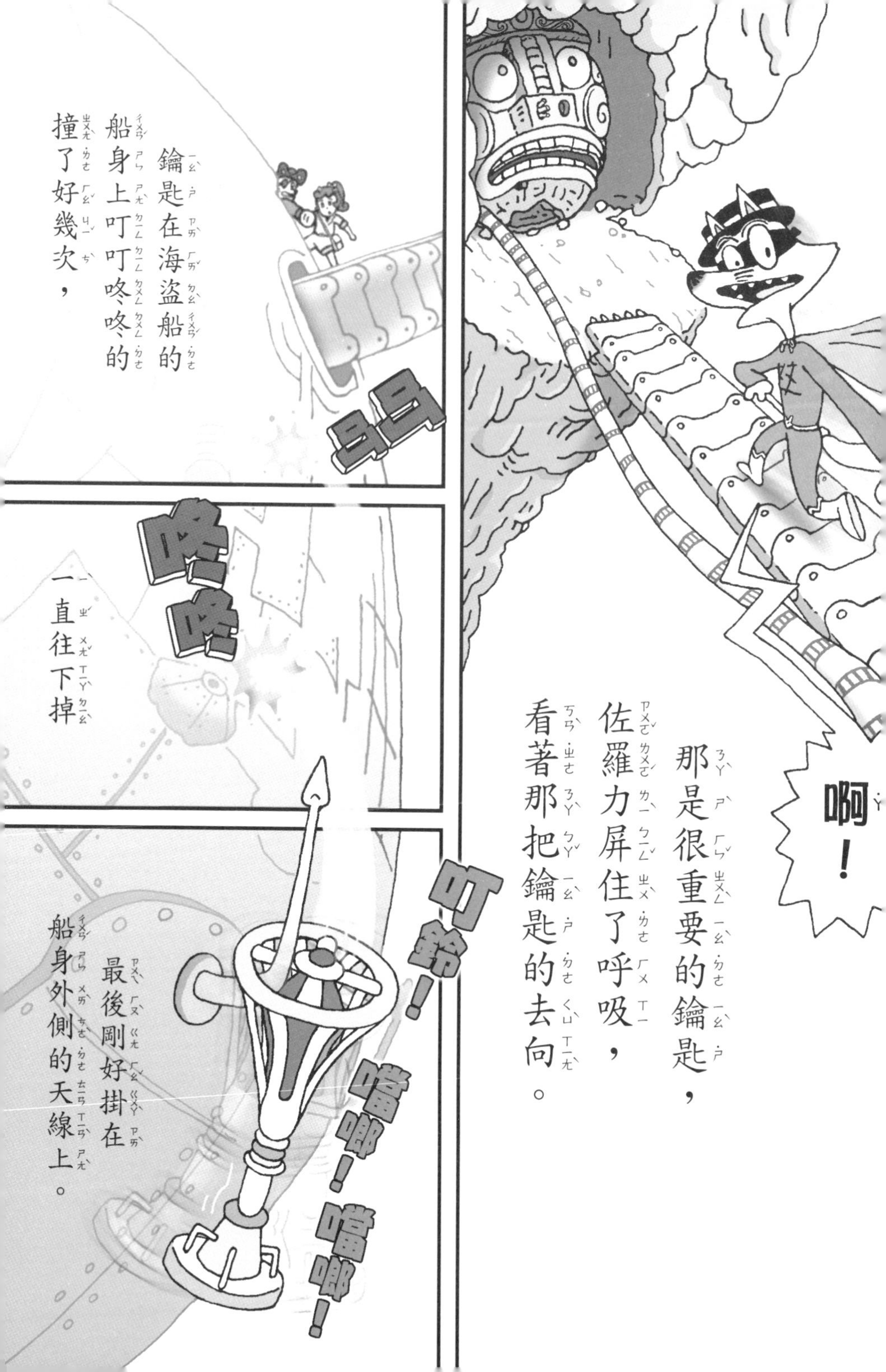
啊！
那是很重要的鑰匙，
佐羅力屏住了呼吸，
看著那把鑰匙的去向。
鑰匙在海盜船的
船身上叮叮咚咚的
撞了好幾次，
咚咚
一直往下掉
叮鈴！
噹啷！噹啷！
最後剛好掛在
船身外側的天線上。

但是，佐羅力不能露出慌張的表情，否則，老虎就會知道那把鑰匙是很重要的東西。

佐羅力仔細確認了鑰匙掛著的天線位置，立刻轉過身，走向了城堡。

「哼，原本打算帶

泰依露小姐一起走，就可以連同那把鑰匙，從天花板的大洞一起逃出去了。真是太可惜了。」

佐羅力一路碎碎唸，走向了城堡，發現伊豬豬和魯豬豬緊緊握著水管，跪在那裡發抖。

佐羅力大師，這個石像竟然在哭。

佐羅力走去石像後方一看，發現那些妖怪都圍著那頂被壓扁的安全帽，一個一個哭得很傷心。
喂，你們在這裡做什麼啊？
啜泣啜泣
哇～哇
大哭
嗷～嗷
嗚～嗚
嗚～嗚
嗚嗚～嗚
佐羅力走了過去……
哇喔，是佐羅力大師。原來你平安無事啊，真是太好了。
因為我們聽到下面傳來很大的聲音，所以很擔心，下樓來察看，
結果就看到石像塌下來了，我們剛才給你的安全帽，也被壓扁了。
我們還以為佐羅力大師已經……。看到你平安無事，真是太好了。

我很好，好得不能再好了，但泰依露小姐被老虎抓去當人質，扣留在海盜船上。
而且他現在要我用剛才隨便瞎掰的寶藏來交換……。唉。
佐羅力大師，這個石像的腦袋裡面有聲音，這是什麼聲音啊？
啊，真的有聲音，可以隱約聽到嗡、嗡的聲音。
你們說什麼？

「那是蜜蜂的聲音，就是剛才
攻擊本大爺的那些蜜蜂的聲音。
那些蜜蜂一定是留在裡面，
專門保護女王蜂的。
太好了，就用這根虎頭水管，
把這些蜜蜂送到海盜船上，
絕對可以讓他們嚇得到處亂逃。」
佐羅力開心的笑了起來。
「但是，這樣做的話，泰依露小姐

也會被蜜蜂攻擊啊。」

魯豬豬對佐羅力說。

「啊，對喔，你說得對。」

佐羅力抱著腦袋煩惱起來。

「呃，請問一下，有沒有什麼我們可以幫忙的事呢？」

所有的妖怪全都站在那裡問著，佐羅力看著他們，突然想到了好主意。

於是，佐羅力和那些妖怪一起合作，聯手演出了一齣戲。

喂喂，老虎，趕快來救我。我一打開石像的門，這群妖怪就衝出來，還撲了過來，他們不肯把寶藏交給我。
我們這些妖怪的任務就是要在這裡守住寶藏。只有手上有寶藏地圖的人，才能夠得到這些寶藏。哇哈哈哈哈。

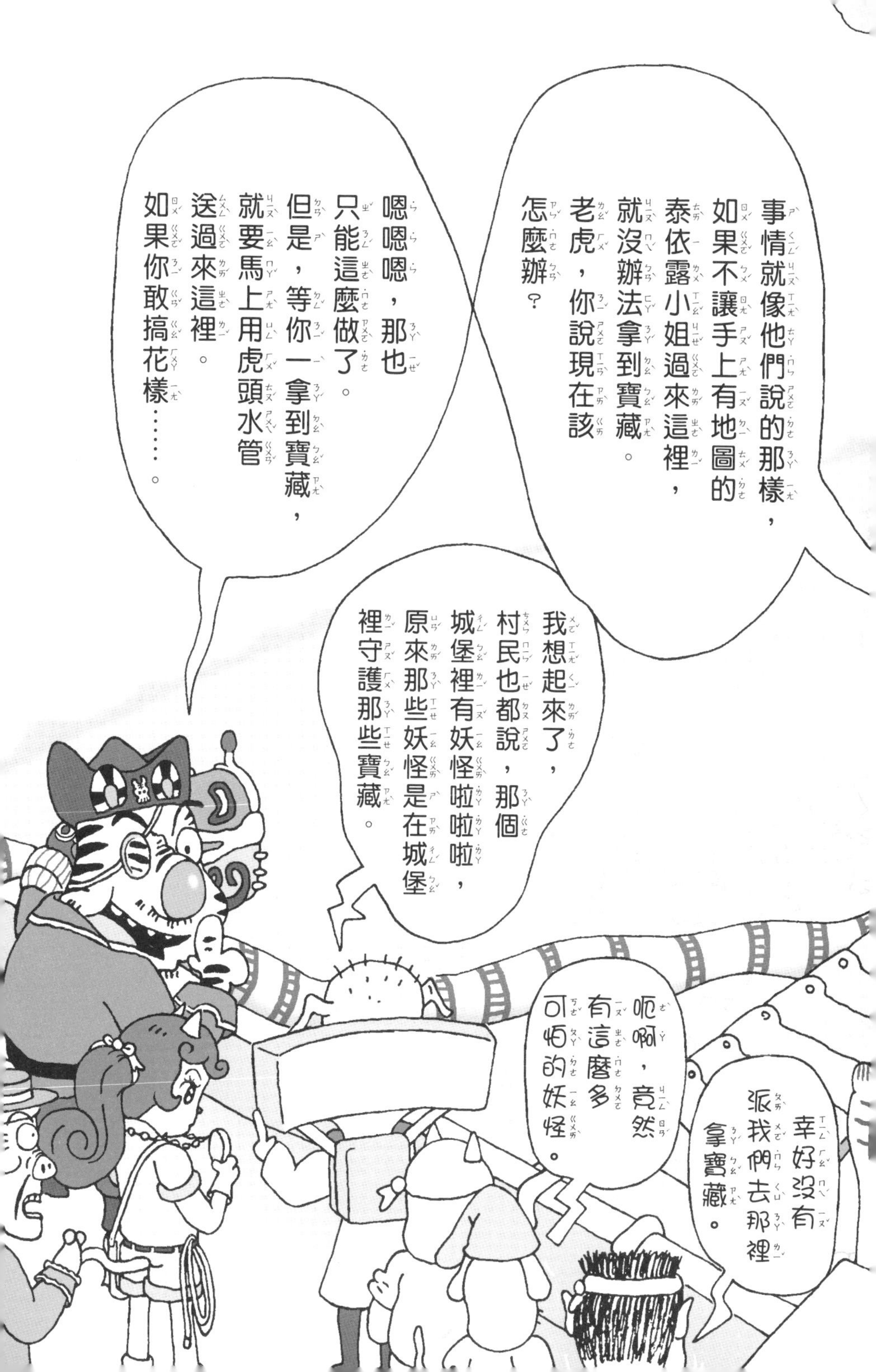
事情就像他們說的那樣，如果不讓手上有地圖的泰依露小姐過來這裡，就沒辦法拿到寶藏。老虎，你說現在該怎麼辦？
嗯嗯嗯，那也只能這麼做了。但是，等你一拿到寶藏，就要馬上用虎頭水管送過來這裡。如果你敢搞花樣……。
我想起來了，村民也都說，那個城堡裡有妖怪啦啦啦，原來那些妖怪是在城堡裡守護那些寶藏。
幸好沒有派我們去那裡拿寶藏。
呃啊，竟然有這麼多可怕的妖怪。

老虎舉起左手，
瞄準了城堡，
「小心我會用
這個把整座城堡都
炸飛掉。」

老虎
再三叮嚀後，
才終於放開了
泰依露。

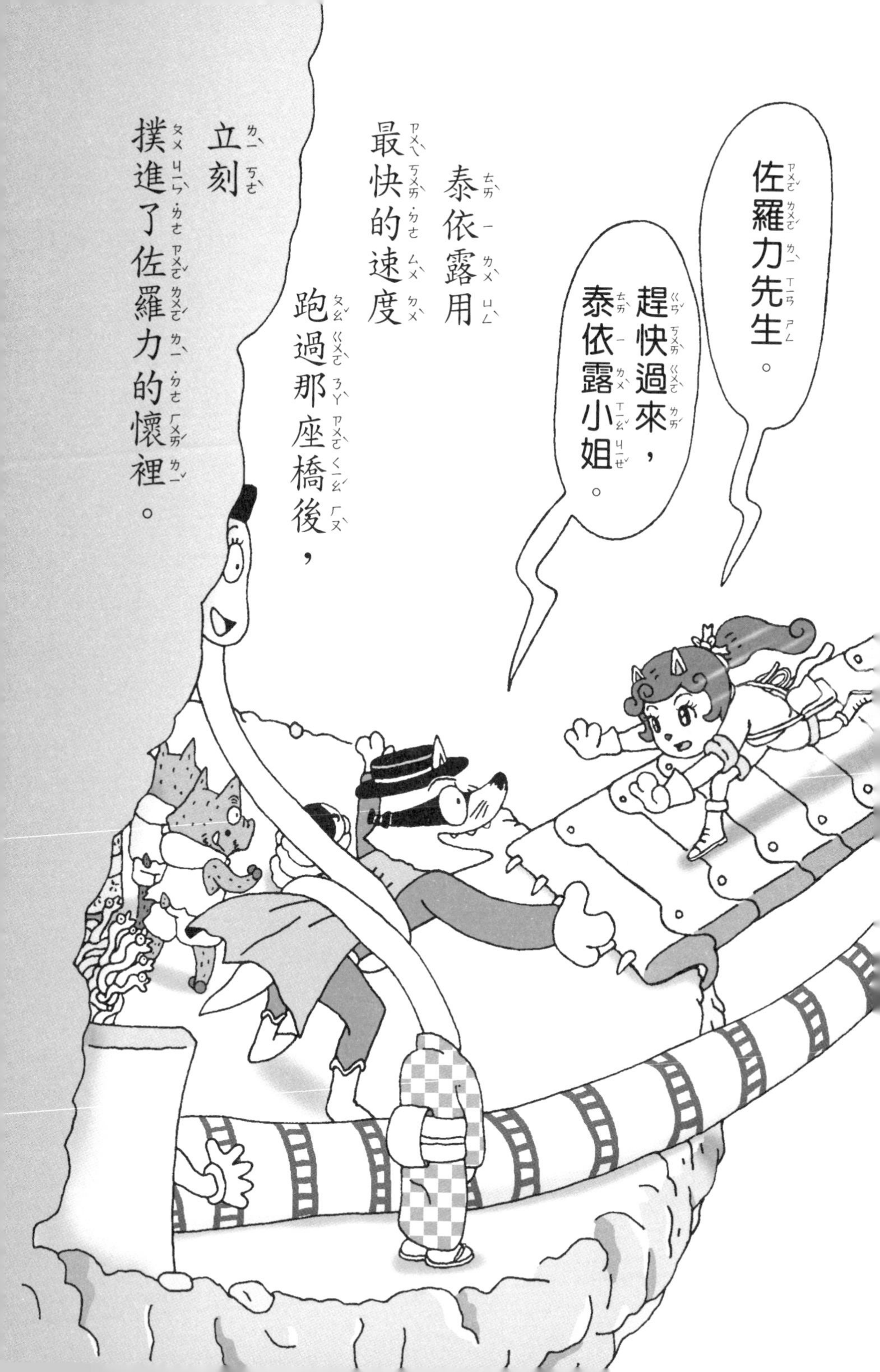
佐羅力先生。
趕快過來，泰依露小姐。

泰依露用最快的速度跑過那座橋後，立刻撲進了佐羅力的懷裡。

佐羅力請大家在石像的
後方集合，對大家說：
「各位妖怪朋友，請你們
帶著泰依露小姐，
從天花板的那個洞逃出城堡，
然後在村莊裡等我。
我們先去把鑰匙拿回來，
就立刻去找你們。」
泰依露一次又一次
回頭看著佐羅力，
最後和那些妖怪
一起爬了上去。

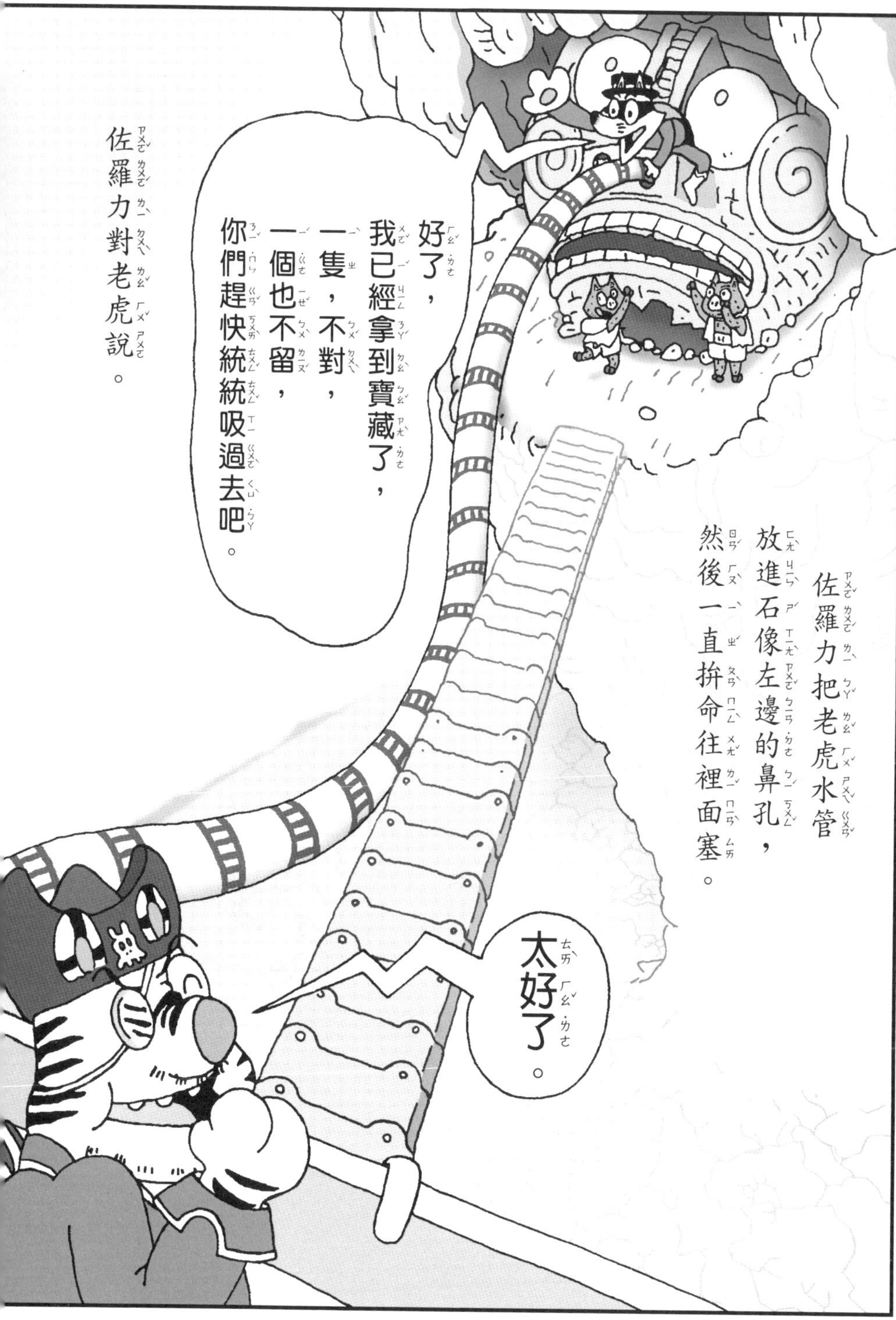
佐羅力把老虎水管放進石像左邊的鼻孔，然後一直拚命往裡面塞。
好了，我已經拿到寶藏了，一隻，不對，一個也不留，你們趕快統統吸過去吧。
佐羅力對老虎說。
太好了。

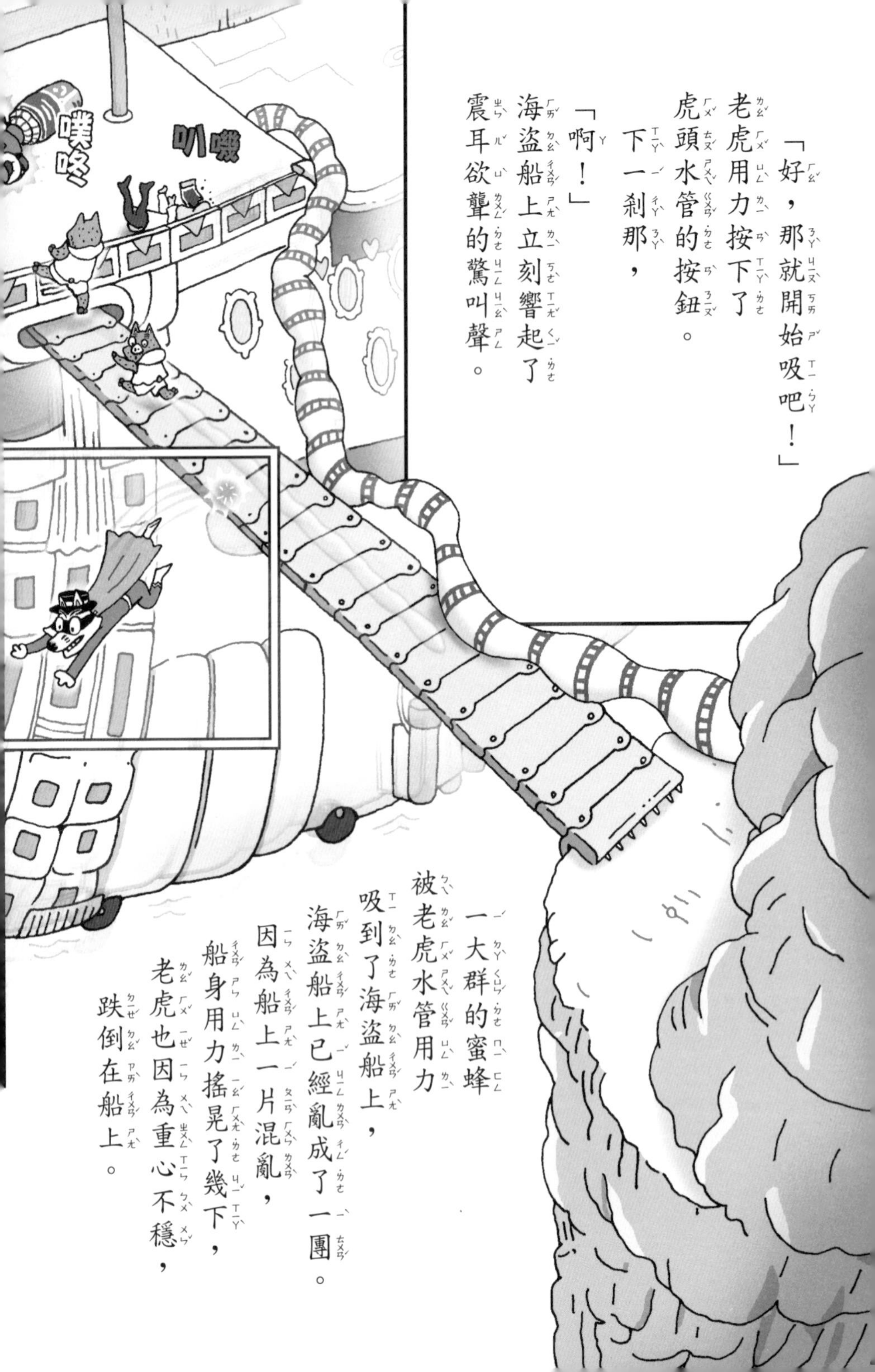

「好，那就開始吸吧！」老虎用力按下了虎頭水管的按鈕。

下一剎那，

「啊！」

海盜船上立刻響起了震耳欲聾的驚叫聲。

一大群的蜜蜂被老虎水管用力吸到了海盜船上，海盜船上已經亂成了一團。因為船上一片混亂，船身用力搖晃了幾下，老虎也因為重心不穩，跌倒在船上。

「趕快行動！」

佐羅力衝上那座橋，不顧一切的跳向掛著鑰匙的地方。

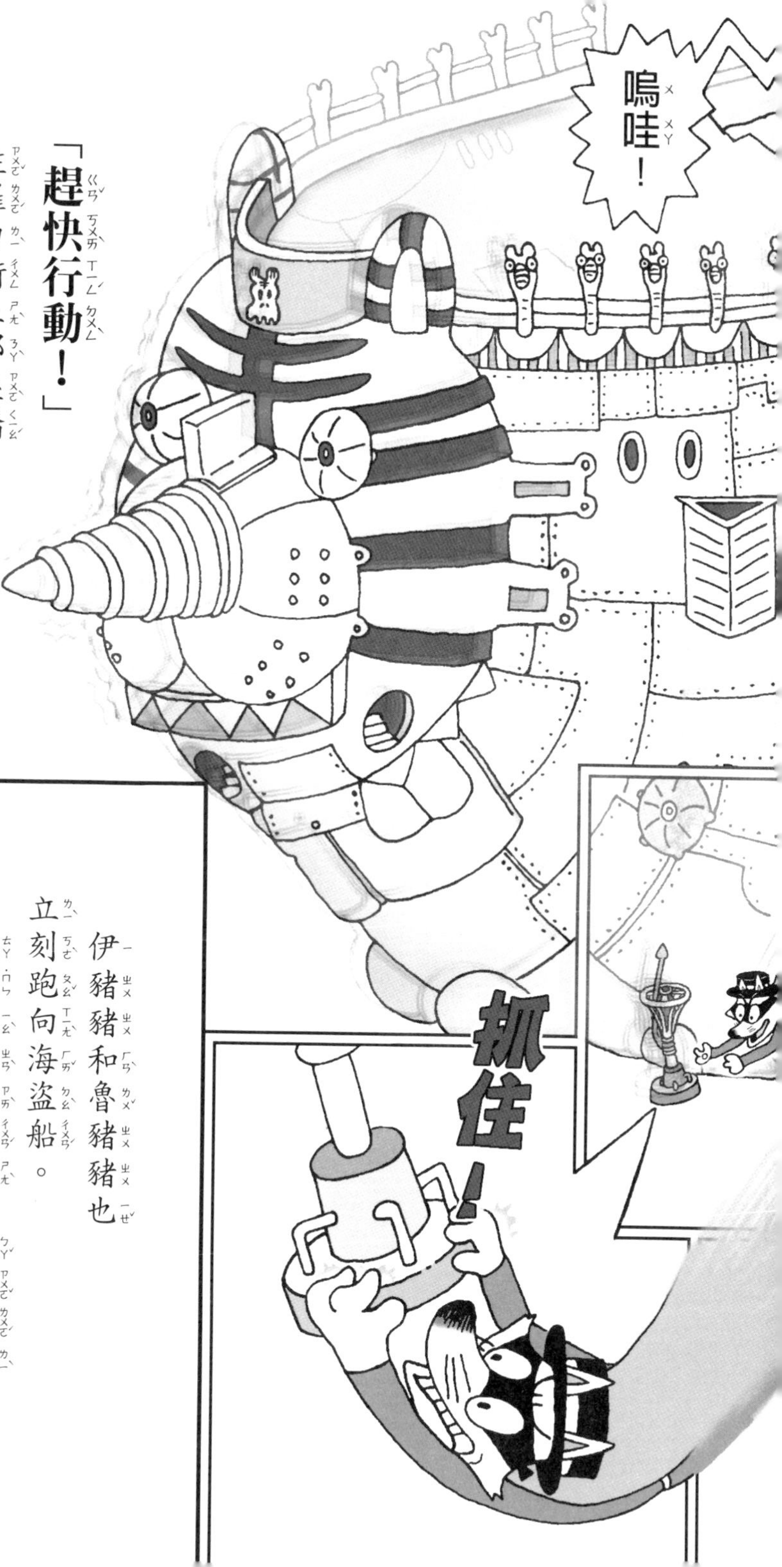

伊豬豬和魯豬豬也立刻跑向海盜船。他們要站在船上，把佐羅力拉上來。

但是，在這之前——

「魯豬豬，我們要用拿手絕招，給那些海盜致命的一擊。」

「這真是好主意啊，伊豬豬。」

兩個人毫不猶豫的把屁股塞進一旁的窗戶裡，各放了一個很臭的屁。

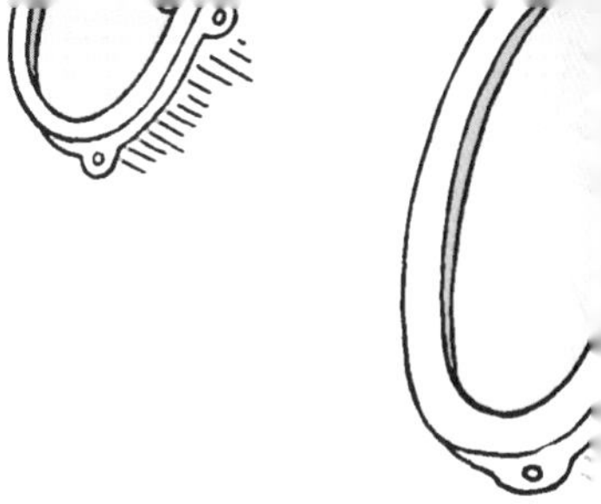

在這兩個臭屁的攻擊下，
船上的海盜應該都會昏過去。
「這樣就搞定了。好，那我們現在
趕快去把佐羅力大師拉上來。」
「好哩。」
他們說完之後，想要
把屁股從窗戶裡拔出來，
但怎麼拔都拔不出來。
「咦？怎麼回事？」

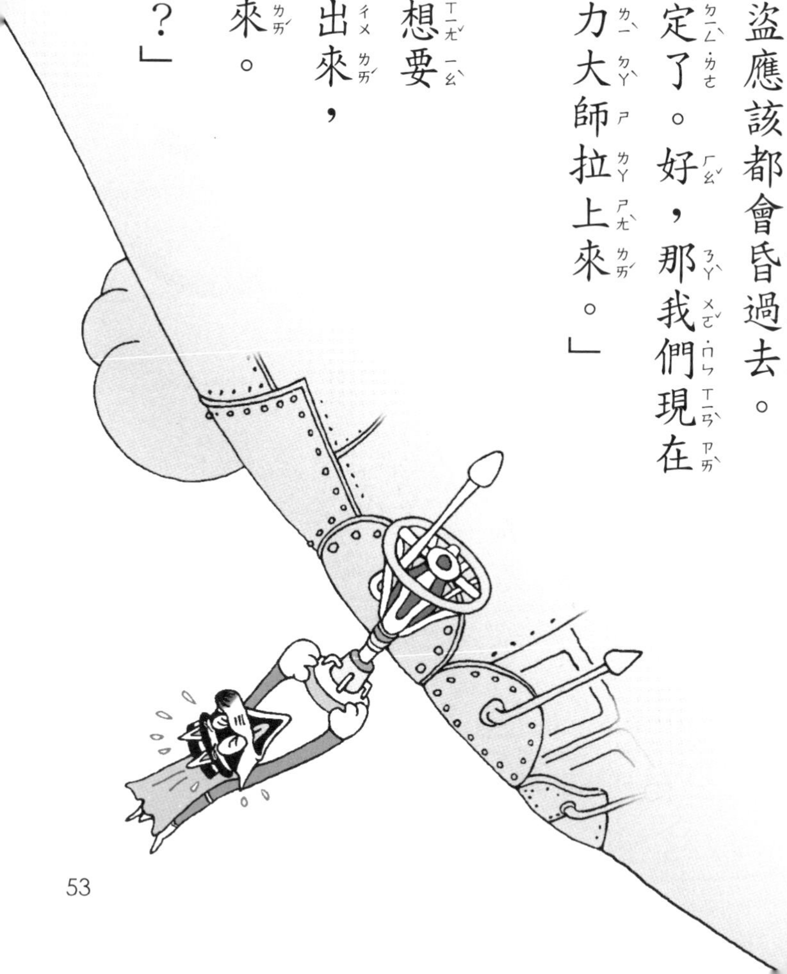

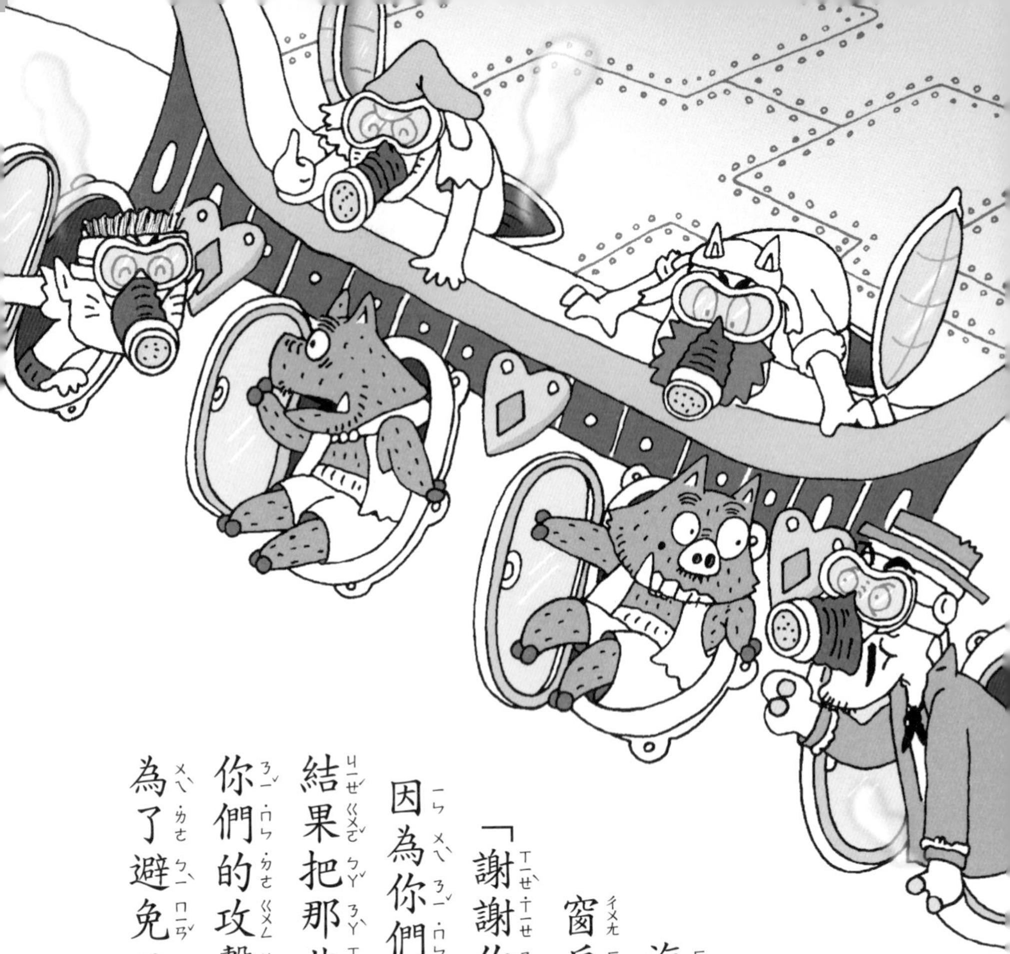

好幾個戴著
毒氣面罩的
海盜從旁邊的
窗戶探出頭來。
「謝謝你們幫了大忙，
因為你們的屁太臭，
結果把那些蜜蜂都薰昏了，
你們的攻擊方法只有這一招，
為了避免又中招，

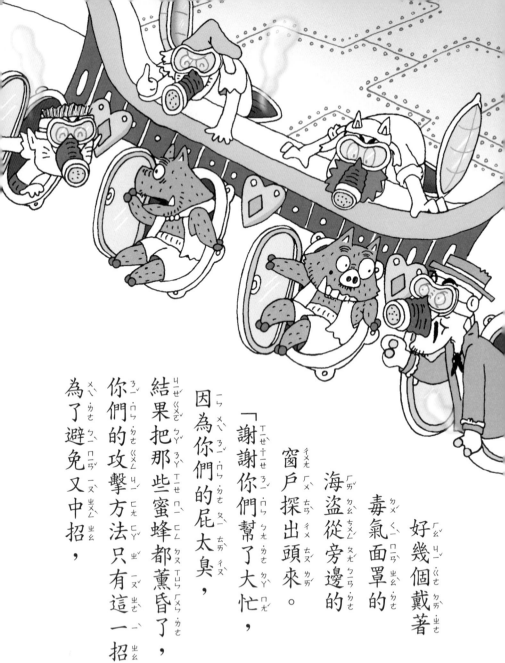

我們早就準備好毒氣面罩了。」

佐羅力不知道船上發生了這麼嚴重的狀況，在下面大聲叫著：

「伊豬豬、魯豬豬，怎麼了？趕快把這個寶藏的鑰匙拉上去，順便把我也一起拉上去。我快沒力氣了，要掉下去了！」

老虎聽到了佐羅力的叫聲，一下子爬了起來，朝向佐羅力所在的位置探出身體說：

啊唷，真是沒想到啊，
那個破爛竟然是寶藏的鑰匙。
我們已經抓住了伊豬豬和魯豬豬，
佐羅力小弟，沒有人會去救你了。
如果你願意告訴我，你手上那是
哪裡的鑰匙，我可以
救你一條小命。」

但是，佐羅力很堅決的告訴他：
「這把鑰匙對泰依露小姐來說

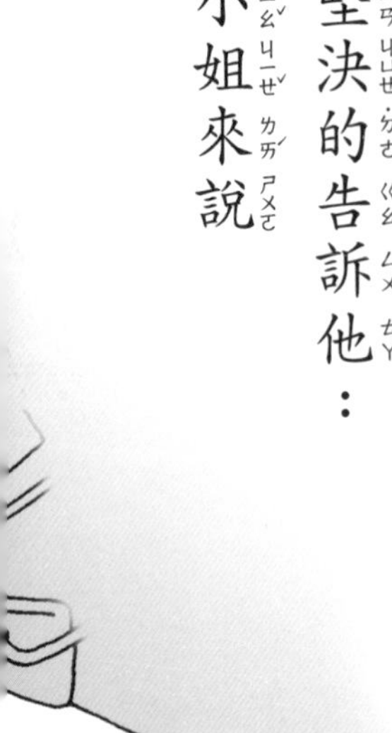

非常重要，我怎麼可能告訴你這個傢伙？」

老虎聽了，馬上露出了奸笑，讓海盜船慢慢上升起來。

當海盜船升上天空時，風更大了，鑰匙劇烈搖晃，佐羅力隨時都會被甩出去。

等一下！

泰依露和那些妖怪一起順利逃出城堡，站在懸崖的上方，看到海盜船上發生的一切。

泰依露看到海盜船慢慢的升了起來，不顧一切的縱身一跳，跳到船上。

我會告訴你這把鑰匙的祕密。所以，請你現在馬上把佐羅力先生救上來！
啊

「喔喔，沒想到小姐你還滿了解狀況的。好吧，那你告訴我，那把鑰匙是開啟什麼的鑰匙？」

「是小廟的鑰匙啊。只要回到村莊之後，我會馬上帶你去，你趕快把佐羅力先生救上來。」

泰依露說完，低頭看向佐羅力……

剛才還掛在那裡的佐羅力

已經不見蹤影。

只有寶藏的鑰匙

在強風中用力的

搖晃著。

「啊呀呀呀，他好像真的

被甩下去了呢。」

「你還在這裡說什麼風涼話，

趕快去找佐羅力先生啊。」

「小姐，他從這麼高的地方掉下去，就算再怎麼找，恐怕也是白費力氣。」

「那我發誓，絕對不會帶你們去小廟那裡！」

泰依露說完，把嘴巴閉得緊緊的，不想再說話。

「如果是這樣，那恐怕要有其他人為這件事付出代價了。」

老虎說完，用手指頭大力彈出了聲響……

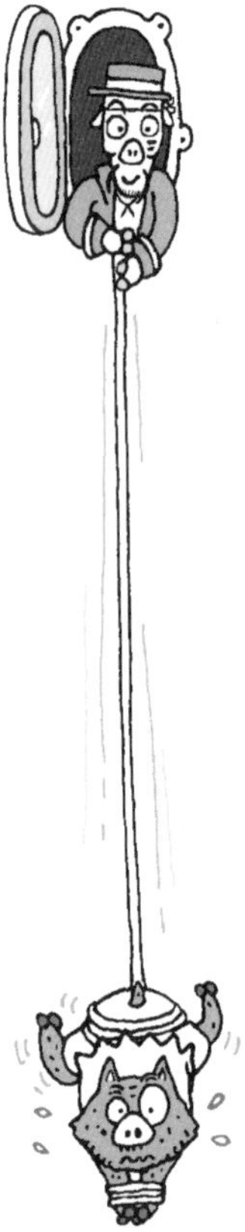

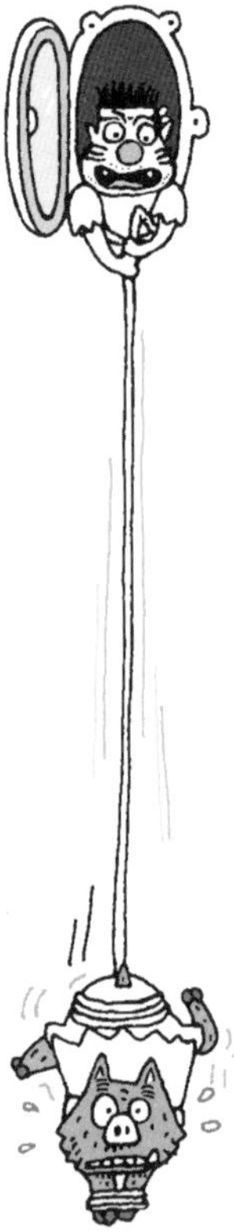

屁股被繩子綁住的伊豬豬和魯豬豬吊在船艙的窗戶外，

被風吹得晃來晃去。泰依露看到他們的遭遇，咬著嘴脣，終於開了口。

「……好吧，那趕快帶我回去村莊。」

「這就對了嘛。喂，來人啊。」

隨著老虎一聲令下，他的手下

慌忙把鑰匙拉了起來。

「哼哼哼，沒想到這個竟然是寶藏的鑰匙，佐羅力小弟如果乖乖交給我，就不會落入這麼悲慘的命運了。哇哈哈，走吧，出發吧，把船開去村裡！」

老虎對著他的手下吆喝。

不一會兒，就看到海盜船的下方出現了一大片凹下去的土地。

「以前這裡好像一片荒涼，我記得小廟就在旁邊。啊！你看，就在那裡！」

泰依露伸出了手指，老虎

從船上探出身體，朝向她手指的方向看去。

「哇哈哈哈，寶藏統統都是我的啦！」

他高高舉起寶藏的鑰匙。就在這時，

啾啵啾啵啾啵啾啵啾啵啾啵啾

不知道哪裡傳來一陣奇妙的聲音。

所有人都轉頭看向聲音的方向，

老虎，我怎麼可能讓你稱心如意呢！

各位讀者是不是曾在上集中聽到過這個聲音？

是怪傑佐羅力。

原來佐羅力還活著。

「這艘海盜船很快就要在半空中散開了。」

佐羅力用手上的章魚吸盤鬆開了船上所有的螺絲，

把船上的鐵板一塊一塊折了下來。

「別、別亂來，住手！」

老虎大聲阻止，

佐羅力大師！
佐羅力先生
大師！

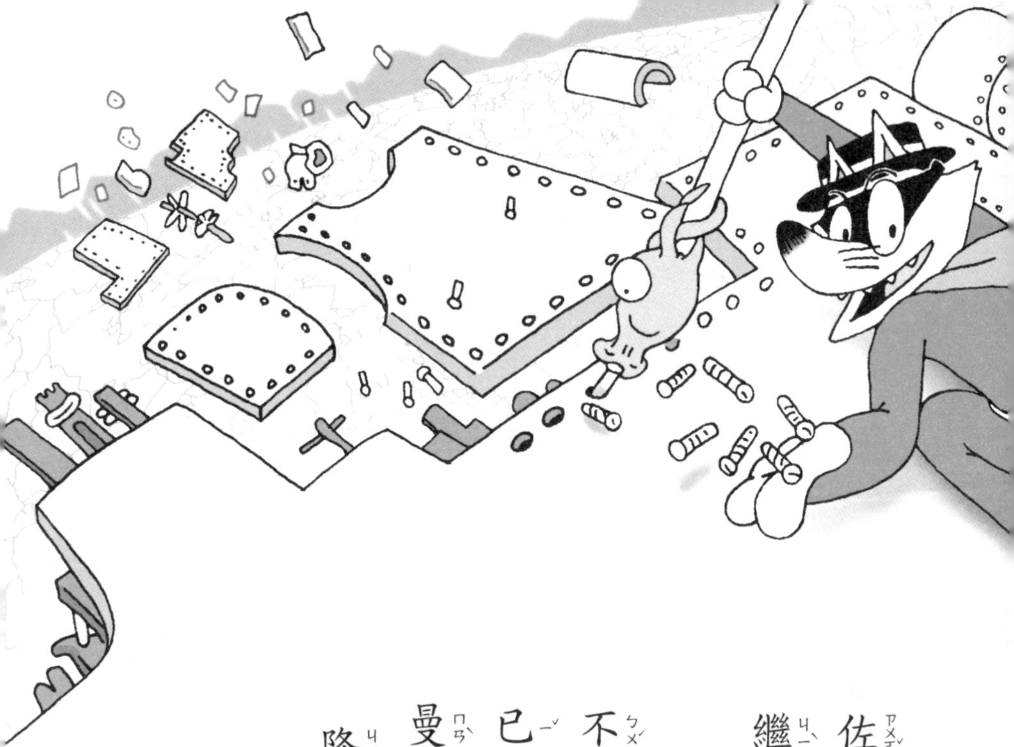

佐羅力不理他，
繼續動手拆螺絲。
「嗚嗚，那傢伙竟然玩真的，
不過，沒關係，反正我們
已經知道寶藏在哪裡了。
曼帝，你趕快讓這艘船
降落地面。」
老虎一把抓著曼帝，
跑去樓下的駕駛艙。

留在甲板上的泰依露和伊豬豬、魯豬豬，連滾帶爬的跑到佐羅力身旁，為他平安無事感到高興。
什麼？你們以為我掉到地上摔死了嗎？怎麼可能嘛。
① 我剛才吊在鑰匙下方，被風吹得盪來盪去的時候，突然想起剛才把章魚吸盤插在腰帶上。
佐羅力先生，你平安無事，真是太好了。
我以為您死了。
佐羅力大師~
② 剛才在城堡時，章魚吸盤順利把門上的螺絲拆了下來，所以我試著用章魚吸盤拆了海盜船的螺絲，發現也可以輕輕鬆鬆拆下來。

佐羅力把剛才的事告訴大家後，發現海盜船迫降在湖泊的中央。

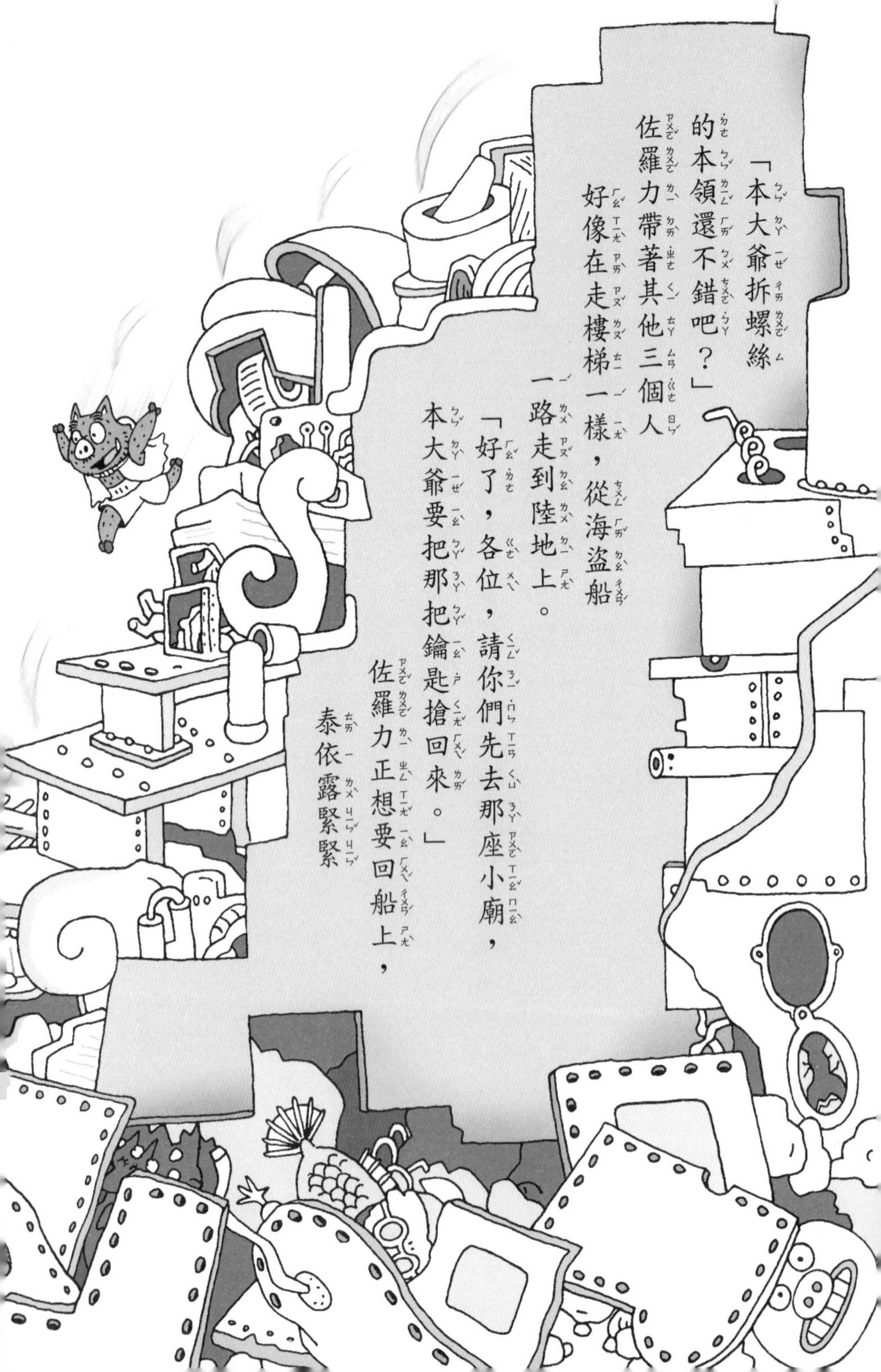

「本大爺拆螺絲的本領還不錯吧？」

佐羅力帶著其他三個人好像在走樓梯一樣，從海盜船一路走到陸地上。

「好了，各位，請你們先去那座小廟，本大爺要把那把鑰匙搶回來。」

佐羅力正想要回船上，泰依露緊緊

抓住了他的手。

「算了，不用去了。只要佐羅力先生平安無事，這樣就夠了。雖然我不知道那是什麼寶藏，就送給那個傢伙吧。」

「不，那是你爸爸留給你的……啊，慘了！」

在佐羅力和泰依露爭執時，被從船上下來的海盜團團圍住了。

就在這時——

佐羅力大師，你放心，這裡就交給我們吧。

妖怪學校的妖怪
及時趕到了。
因為他們沒有完成
和佐羅力之間的約定，
把泰依露平安送回村莊，
所以感到很不安，

一路追著海盜船趕過來。

來，我們要幫佐羅力大師的忙，挽回我們的名譽。

這些妖怪從城堡逃出來時，渾身沾滿了泥巴，看起來比以前更加可怕，他們鼓足士氣，撲向那些海盜。

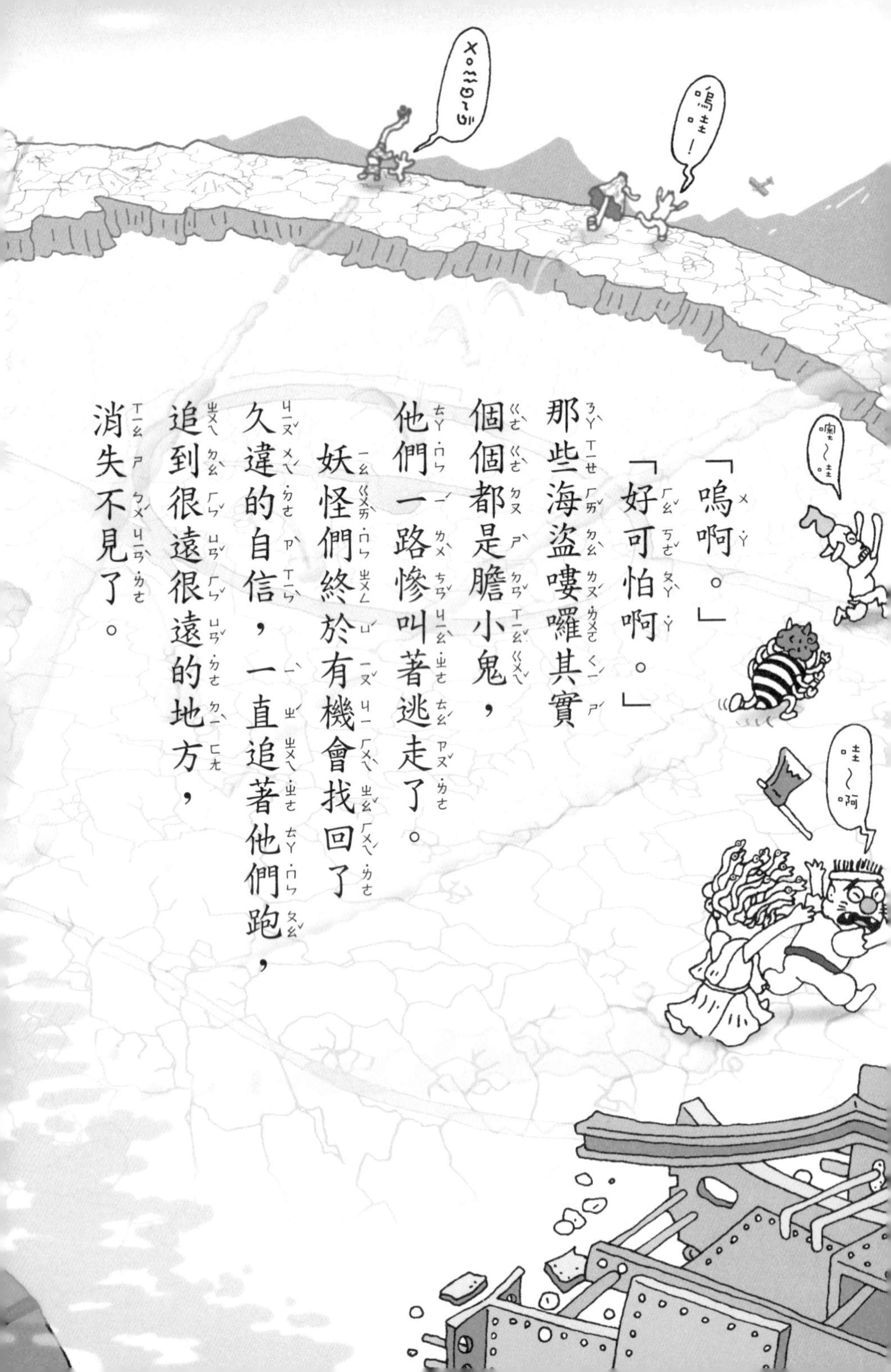

「嗚啊。」

「好可怕啊。」

那些海盜嘍囉其實個個都是膽小鬼，他們一路慘叫著逃走了。

妖怪們終於有機會找回了久違的自信，一直追著他們跑，追到很遠很遠的地方，消失不見了。

周圍終於安靜下來，
只剩下老虎和曼帝兩個人
還留在這裡。
佐羅力以為這下子
終於有機會打贏了，
真是想得太傻
太天真了。
事情才沒那麼簡單，
因為，

老虎伸出了左手，直直的對準了佐羅力。

「你真是會找麻煩啊，佐羅力小弟。不過，一切就到此為止吧。

現在是千載難逢的好機會，來測試一下這隻左手到底有多大的威力，曼帝博士。」

「喔喔，那真是、那真是會發生非常非常可怕的後果啦啦啦。」

老虎把左手上的刻度調到最大的地方，把手放在開關上。

危險 別翻下一頁

◎各位讀者，下一頁將可能是佐羅力系列有史以來最殘酷的畫面。所以，原裕在此拜託各位以下的事項。

⊙如果讓學校的老師，或是爸爸、媽媽知道，有這麼殘酷的畫面，

①這本書就不能再出現在圖書館了。

②在親師懇談時，會被狠狠的痛罵。

因為可能會發生以上這兩種情況，所以請你們跳過接下來的兩頁不要看。各位讀者，在此拜託啦。

就在這時，

泰依露用手上的鞭子繞在支撐老虎左手的支架腳上，然後用力一拉。那六隻纖細的腳膝蓋一彎，垮了下來。

嗶嘶———
什麼？
啊！泰依露小姐
垮下來
垮下來
垮下來

老虎的左手癱倒在地上。
當那隻左手開始朝著地面火力十足的噴射時，
哆哆哆哆哆哆哆哆哆
怎、怎麼了？這、這是怎麼回事？
懸空啦啦啦
危險，趕快退後！

簡直好像變成了火箭，帶著老虎，飛上天空，不見了。
現場只剩下曼帝一個人。

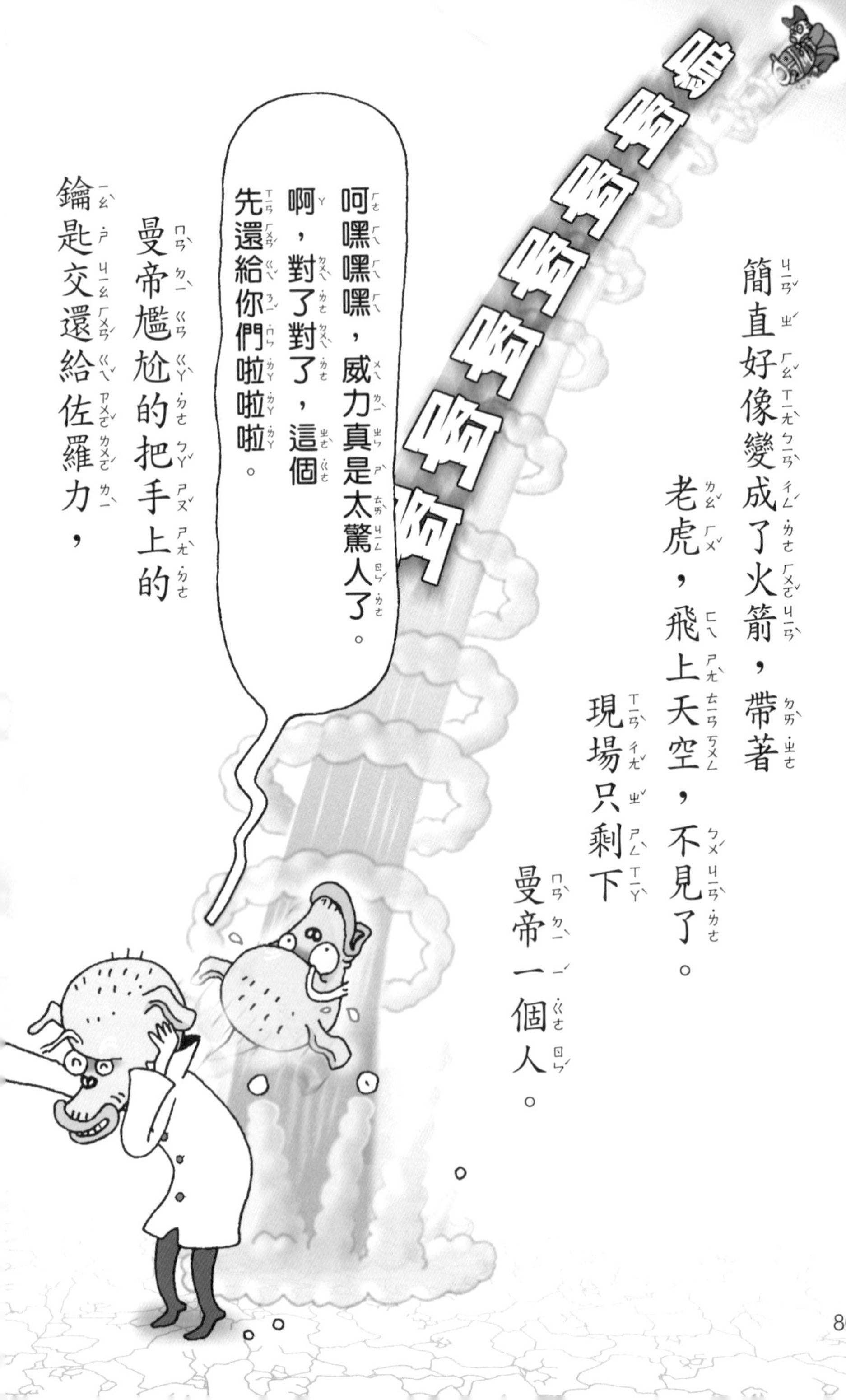
嗚咻咻咻咻咻咻
呵嘿嘿嘿，威力真是太驚人了。啊，對了對了，這個先還給你們啦啦啦。

曼帝尷尬的把手上的鑰匙交還給佐羅力，

然後一溜煙，逃得無影無蹤了。

他們來到那座小廟，佐羅力立刻試著把鑰匙插進鑰匙孔。他果然沒有猜錯，那把鑰匙剛好可以插進去。

光是佐羅力一個人怎麼也轉不動那把鑰匙，但四個人一起用力後，鑰匙才終於慢慢轉動起來。

滋滋滋滋滋

突然傳出地要裂開一樣的震動，連身體深處也跟著顫抖起來，村民們不知道發生了什麼事，

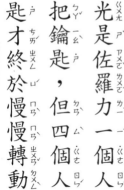

紛紛跑來小廟察看。

「啊，佐羅力先生、泰依露小姐都平安無事。到底發生了什麼事？」

「你們很快就可以見識到驚人的東西。我猜地面會裂開，然後會出現一大堆金銀財寶，嘻嘻呵呵。」

佐羅力興奮的期待著，忍不住東張西望，左看右看。

這時，

從乾涸的湖泊深處，有一個像是大臉的東西慢慢升了起來。
嗚哇喔！
喔，原來那個就是寶藏啊。
喔耶。是那個，是那個，就是那個閃亮亮的。

佐羅力興奮的大叫起來。

「你們仔細看，我看到了閃亮亮的東西。那到底是什麼？是鑽石嗎？還是綠寶石？該不會是金條？」

從湖泊底下露出來的那張臉的眼睛、鼻子和嘴巴中閃著光芒，慢慢湧出來的東西是——

寶、寶藏難道就是指這個東西？

竟然是水。用力噴出來的那些水漸漸滋潤了乾涸的土地。然後，在轉眼之間，那裡就變成了一個美麗的湖泊。

佐羅力看得目瞪口呆，一旁的泰依露緊緊握住了他的手，眼中閃著淚光，向佐羅力道謝。

佐羅力雖然感到害羞，但還是忍不住暗自盤算，既然一杯水就要一千兩百元，眼前這些水到底值多少錢。

這時，村民們突然把他們四個人抬了起來。

原來我爸爸犧牲自己，是為了讓這片乾涸荒廢的土地重新獲得生機……。佐羅力先生，多虧了你，我終於知道了，太感謝你了。
哇！
你、你們要幹什麼？

把他們四個人一起帶去了餐廳。
為了感謝拯救這個村莊，讓這個村莊獲得重生的英雄佐羅力先生，我們要在這裡舉行感謝派對，表達我們的一點心意。
多虧有你們的幫忙，這個村莊以後應該可以種出豐富的農作物。佐羅力先生和葛衣露先生一樣，都是將在這個村莊的歷史上留名的大恩人，所以把你的照片也掛在這裡。
泰依露蛋糕

泰依露餐廳

所有的村民都深深的向佐羅力鞠躬。

伊豬豬和魯豬豬不理會這些村民說的話，只顧著一口接一口的吃著不停送上來的芋頭料理。

這次就算因為吃得太快而噎到也不必擔心了，因為水也可以免費喝。

就在這時，泰依露突然靠在佐羅力身上昏倒了。

你、你怎麼了？
呃呃，本大爺竟然是英雄？
泰依露天婦羅
泰依露
泰依露漢堡
泰依露焗烤
泰依露餅
泰依露義大利麵
泰依露滷味
泰依露布丁

可能是所有的事終於解決，泰依露終於鬆了一口氣。

「這也難怪，對她來說，今天一整天發生了太多事，就讓她好好休息吧。」

佐羅力輕輕把泰依露抱了起來，走去村民為她準備的安靜房間，把她放在軟綿綿的床上。

「好好睡一覺，希望你爸爸來到你夢裡。」佐羅力溫柔的對她說完，回到了派對會場，伊豬豬和魯豬豬對他說：

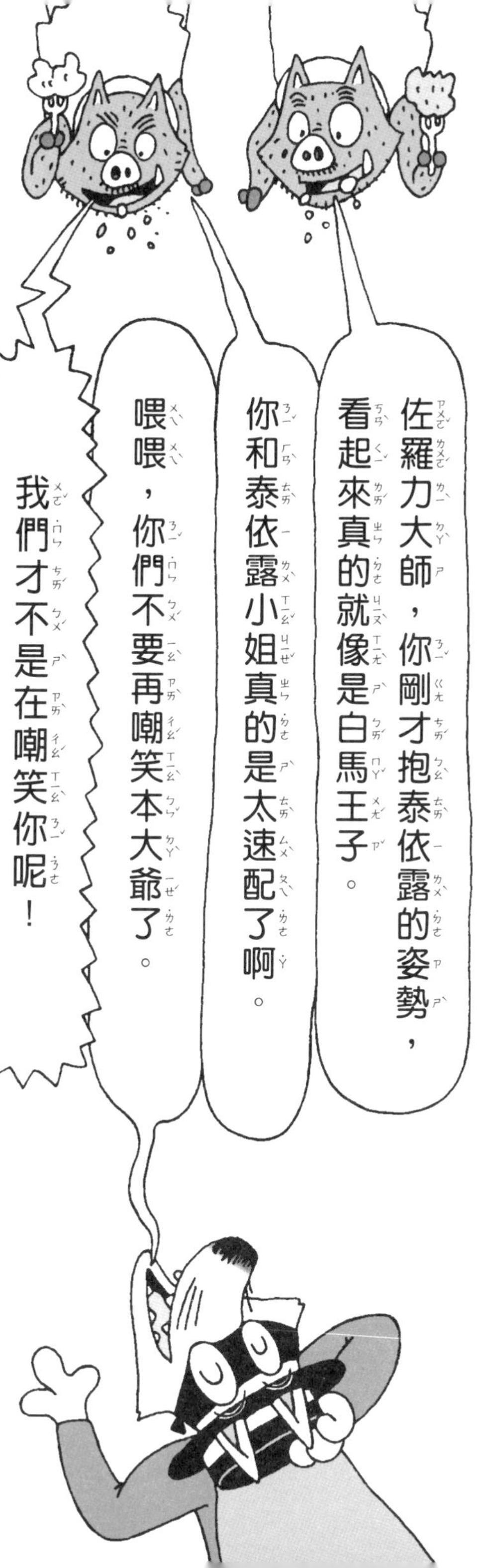
佐羅力大師，你剛才抱泰依露的姿勢，看起來真的就像是白馬王子。
你和泰依露小姐真的是太速配了啊。
喂喂，你們不要再嘲笑本大爺了。
我們才不是在嘲笑你呢！

這次的冒險旅程中，泰依露小姐看著佐羅力大師的眼神，總是充滿了崇拜。

泰依露小姐愛上了佐羅力大師，絕對不會錯！

佐羅力滿臉通紅

聽著出了神……

真是天賜良緣啊。佐羅力先生和葛衣露先生的千金小姐如果能結婚的話，對我們村莊來說，簡直就是一對守護神。
我們會為你們準備好房子，請你們務必住在我們村莊。
不行不行，我們佐羅力大師非要住城堡不可，其他地方都不行！

喔喔，既然這樣，那我們就來把那座城堡重新裝修一下。

「啊？真、真的嗎？」

佐羅力聽到村民願意為他準備城堡，覺得自己的願望終於成真了。

「佐羅力大師，明天早上，等泰依露小姐醒過來，你就向她求婚吧。」

「佐羅力大師，
你的夢想終於實現了！」
「我們全村的人都會
一起幫忙，盡最大的力量協助你。」
聽到大家的鼓勵，
佐羅力終於忍不住笑開了。
「嘻嘻呵，好吧，既然大家這麼強烈拜託，
那我就去求婚，就去求婚吧。」
於是……

第二天早上，佐羅力穿上了整齊的西裝，站在泰依露睡覺的房間前。

伊豬豬、魯豬豬和村民們也都屏住呼吸，看著事情的發展。

「好，我要鼓起勇氣，勇敢的表白。」

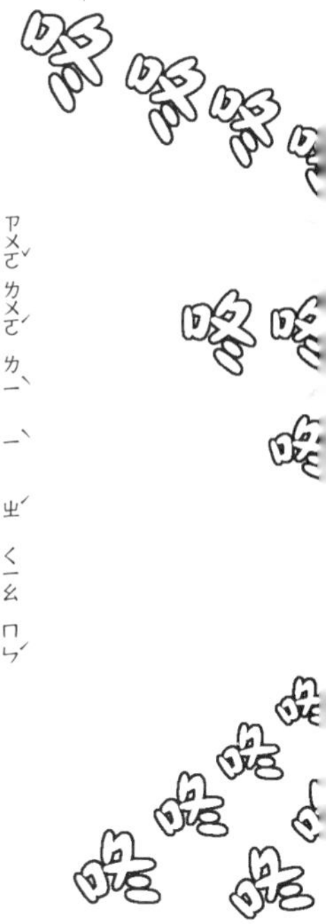

佐羅力一直敲門，
但無論敲了多少次，
房間裡都沒有反應。
「該、該不會是
老虎那傢伙，又把
泰依露小姐……。」
佐羅力想到這裡，就再也忍不住，
用力踹開門，衝進了房間。

房間內已經人去樓空，沒有任何人影，只留下了一封信。
給佐羅力先生
佐羅力打開了那封信……。
佐羅力先生，
謝謝你的大力相助。
在和你一起探險的過程中，
我了解到我的爸爸也和
佐羅力先生一樣，為了大家
的幸福，不惜付出了生命的代價。
因為你的關係，讓我終於對一直
很討厭的爸爸產生了尊敬，
真的非常感謝你。
我希望也可以像爸爸，不，
我希望可以像你一樣，成為一位
探險家，有一天，能夠成為
一個堅強的人，而且對別人有幫助，
也希望可以找到像伊豬豬和
魯豬豬一樣的好朋友。

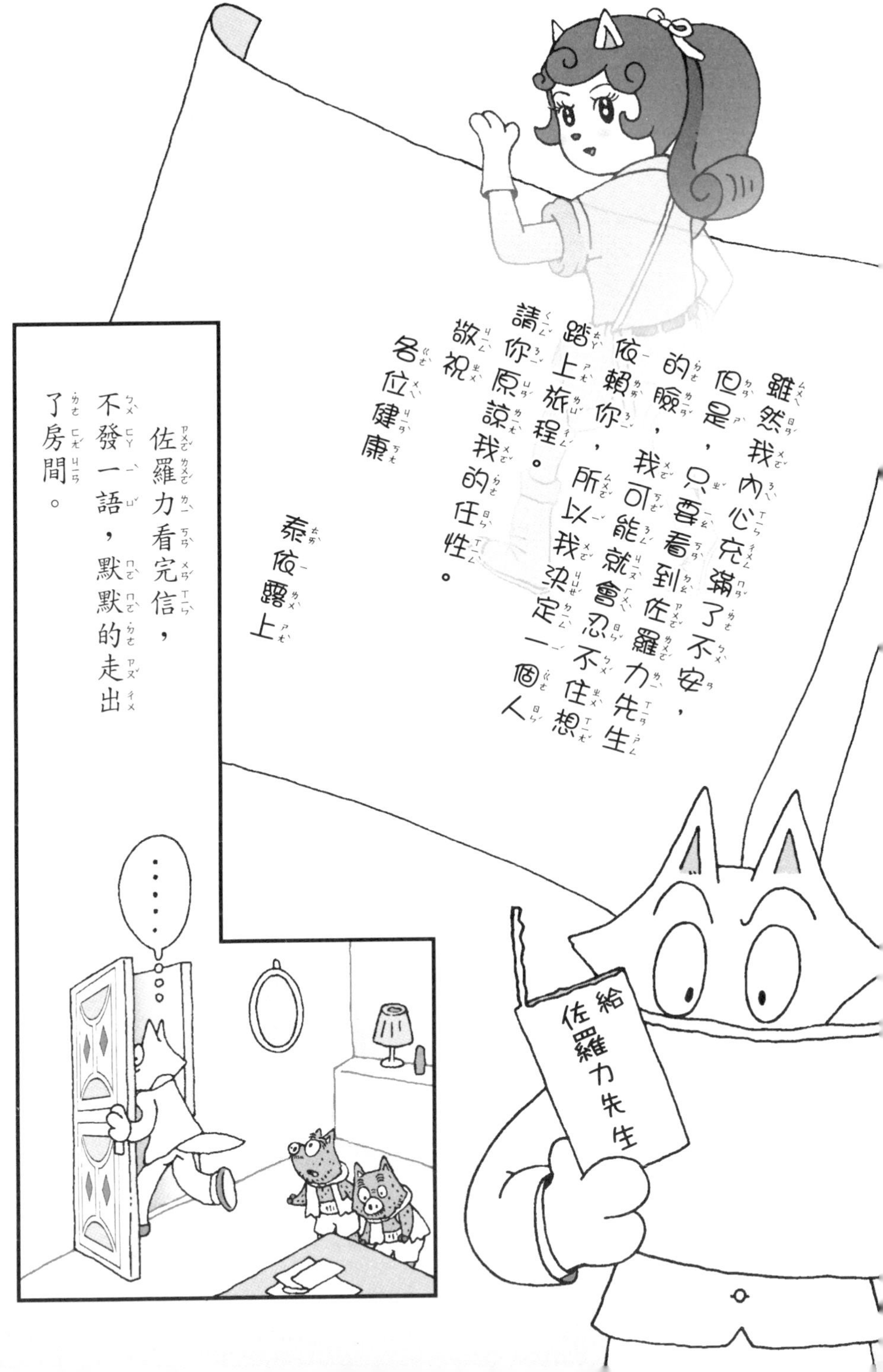
雖然我內心充滿了不安，
但是，只要看到佐羅力先生
的臉，我可能就會忍不住想
依賴你，所以我決定一個人
踏上旅程。
請你原諒我的任性。
敬祝
各位健康
泰依露上
……
給佐羅力先生

佐羅力看完信，不發一語，默默的走出了房間。

佐羅力立刻換好了衣服，準備再次上路，

泰依露小姐似乎已經找到了她的人生目標。本大爺也要完成自己該做的事。伊豬豬、魯豬豬，我們要出發了！

他說完這番話，婉拒了村民的慰留，再度踏上了旅程。

朝陽下，
湖泊的水
閃著粼粼波光，
照亮了佐羅力
他們的身影。
村民們深深的
對著他們的背影
鞠躬，直到完全
看不到他們。

雖然我們離開的身影有點落寞，但泰依露小姐還沒有長大，還是小孩子，恐怕要等十年後，才會發現本大爺的魅力。也許十年之後，她再見到我，就會主動向我求婚。本大爺就是這樣男人。（啊，咦？這兩個傢伙根本沒在聽我說話。）
原來泰依露小姐不是愛上了佐羅力大師，而是愛上了佐羅力大師的生活方式。
女人的心真是很難猜透啊。但是，泰依露小姐一下子從懸崖跳下去，一下子又甩鞭子，我覺得她繼承了她爸爸的探險精神。如果她也可以找到像我們這麼優秀的手下，就完美無缺了。

啊，還有一件事，那家餐廳掛了我的照片，我把照片偷出來了。他們竟然把我當成英雄，把我的照片掛在那裡，「惡作劇大王」佐羅力大爺我的自尊心沒辦法接受這件事。
伊豬豬，我把之前在餐廳喝水時付的一千兩百元要回來了。
當然要這麼做啊，魯豬豬。佐羅力大師把整座湖泊都送給了那個村莊，等我們到了下一個城市，就用這一千兩百元，請佐羅力大師吃一頓熱騰騰的火鍋，讓他好好補一補。
5000

• 作者簡介

原裕 Yutaka Hara

一九五三年出生於日本熊本縣，一九七四年獲得KFS創作比賽「講談社兒童圖書獎」，主要作品有《小小的森林》、《手套火箭的宇宙探險》、《寶貝木屐》、《小噗出門買東西》、《我也能變得和爸爸一樣嗎？》、【輕飄飄的巧克力島】系列、【膽小的鬼怪】系列、【菠菜人】系列、【怪傑佐羅力】系列、【鬼怪尤太】系列、【魔法的禮物】系列等。

• 譯者簡介

王蘊潔

專職日文譯者，旅日求學期間曾經寄宿日本家庭，深入體會日本文化內涵，從事翻譯工作至今二十餘年。熱愛閱讀，熱愛故事，除了或嚴肅或浪漫、或驚悚或溫馨的小說翻譯，也從翻譯童書的過程中，充分體會童心與幽默樂趣。曾經譯有《白色巨塔》、《博士熱愛的算式》、《哪啊哪啊神去村》等暢銷小說，也譯有【怪傑佐羅力】系列、【魔女宅急便】系列、【小小火車向前跑】系列、【大家一起玩】系列《大家一起來畫畫》、《大家一起做料理》等童書譯作。

臉書交流專頁：綿羊的譯心譯意。

國家圖書館出版品預行編目資料

怪傑佐羅力神祕寶藏大作戰（下集）
原裕 文、圖；王蘊潔 譯 --
第一版. -- 台北市：天下雜誌, 2015.08－2015.09
96 面；14.9x21公分. --（怪傑佐羅力系列；35－36）
譯自：かいけつゾロリのなぞのおたから大さくせん 後編
ISBN 978-986-91881-9-7（上集：精裝）
ISBN 978-986-92013-2-2（下集：精裝）
861.59 104009105

かいけつゾロリのなぞのおたから大さくせん 後編
Kaiketsu ZORORI series vol. 39
Kaiketsu ZORORI no Nazo no Otakara Daisakusen Part2

First published in Japan in 2006 by POPLAR Publishing Co., Ltd.
Traditional Chinese translation rights arranged with POPLAR Publishing Co., Ltd.
through Future View Technology Ltd., Taiwan

怪傑佐羅力系列 36

怪傑佐羅力之神祕寶藏大作戰 下集

作者｜原裕（Yutaka Hara）
譯者｜王蘊潔
責任編輯｜蔡珮瑤
美術設計｜蕭雅慧
行銷企劃｜高嘉吟

天下雜誌群創辦人｜殷允芃
董事長兼執行長｜何琦瑜
兒童產品事業群
副總經理｜林彥傑
總編輯｜林欣靜
主編｜陳毓書
版權主任｜何晨瑋、黃微真

出版者｜親子天下股份有限公司
地址｜台北市 104 建國北路一段 96 號 4 樓
電話｜（02）2509-2800
傳真｜（02）2509-2462
網址｜www.parenting.com.tw
讀者服務專線｜（02）2662-0332
週一～週五：09：00～17：30
讀者服務傳真｜（02）2662-6048
客服信箱｜bill@cw.com.tw

法律顧問｜台英國際商務法律事務所・羅明通律師
製版印刷｜中原造像股份有限公司
總經銷｜大和圖書有限公司
電話｜（02）8990-2588

出版日期｜2015 年 9 月第一版第一次印行
2022 年 8 月第一版第十六次印行
定價｜280 元
書號｜BKKCH004P
ISBN｜978-986-92013-2-2（精裝）

訂購服務
親子天下 Shopping｜shopping.parenting.com.tw
海外・大量訂購｜parenting@cw.com.tw
書香花園｜台北市建國北路二段 6 巷 11 號
電話（02）2506-1635
劃撥帳號｜50331356 親子天下股份有限公司

親子天下
有聲故事書

「神秘寶藏大作戰」的所有答案

不知道各位有沒有答對啊？

原來本大爺在地下室時，是走這樣的路徑。
伊豬豬，你找到幾個不一樣的地方？
喔，我只找到兩個而已，齁呵呵呵呵呵。

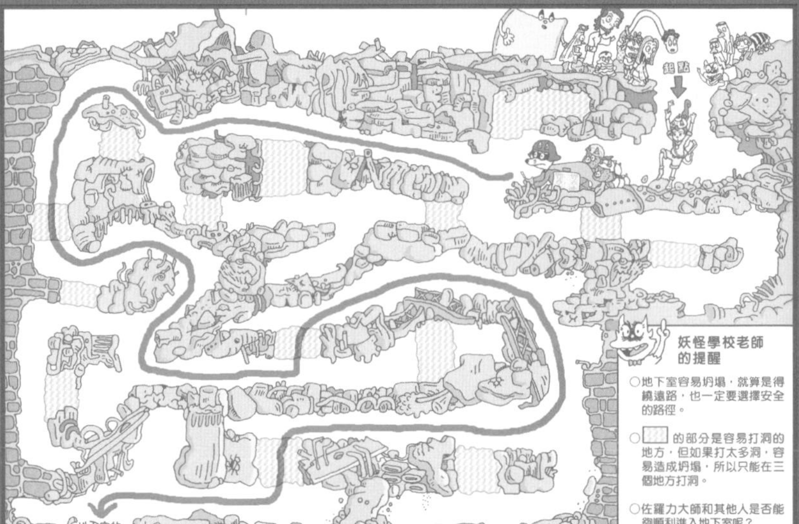
起點
地下室的房間
妖怪學校老師的提醒
○地下室容易坍塌，就算是得繞遠路，也一定要選擇安全的路徑。
○　的部分是容易打洞的地方，但如果打太多洞，容易造成坍塌，所以只能在三個地方打洞。
○佐羅力大師和其他人是否能夠順利進入地下室呢？
請各位小朋友也和他們一起想一想路線，帶領佐羅力大師他們順利到達目的地。

上集66－67頁的解答